I0526746

NOUVEAU THEATRE ITALIEN.

LE PRINCE TRAVESTI,

OU

L'ILLUSTRE

AVANTURIER,

COMEDIE,

Représentée pour la premiere fois par les Comédiens
Italiens ordinaires du Roi le 5. Février 1724.

A PARIS,

Chez BRIASSON, rue S. Jacques, à la
Science.

PIECES DU THEATRE ITALIEN
de M. DE MARIVAUX, qui se vendent chez le même Libraire.

Arlequin poli par l'Amour, Comédie.
La Surprise de l'Amour, Comédie.
La double Inconstance, Comédie.
Le Prince travesti, Comédie.
La Fausse Suivante, Comédie.
L'Isle des Esclaves, Comédie.
L'Héritier de Village, Comédie.
Le Jeu de l'Amour & du Hazard, Comédie.

Le même Libraire vend aussi.

Le Théâtre Italien, ou Recueil général de toutes les Comédies & Scenes Françoises représentées par les Comédiens Italiens du Roi, avec les Airs gravés & les Figures à chaque Comédie, par Ghérardi, *in-12. 6. vol. figures.* 1741.

Le nouveau Théâtre Italien, ou Recueil des Pieces représentées par les Comédiens Italiens ordinaires du Roi, depuis leur établissement en 1716, jusqu'à présent : avec les Airs des Vaudevilles gravés à la fin de chaque Volume. 9. vol. *in-12.* 1733.

Les Parodies du Théâtre Italien, avec les Airs gravés, 4. *vol. in-12.* 1738.

Les Comédies purement Italiennes, représentées par les Comédiens Italiens, sous le titre de Nouveau Théâtre Italien de Riccoboni, avec les Traductions Françoises. 3. *vol. in-12* 1733.

Le Théâtre de Mademoiselle Barbier. *in-12.* 1745.

Le Théâtre de M. de Brueys. *in-12. 3. vol* 1735.

Le Théâtre de M. Palaprat. *in-12.* 1735.

Les Oeuvres de M. du Fresny. *in-12. 4. vol.* 1747. avec les Airs gravés.

Les Oeuvres de M. Autreau. 4. *vol.* avec les Airs gravés.

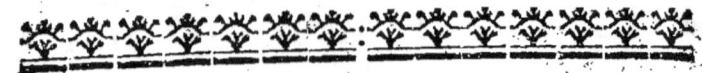

ACTEURS.

LA PRINCESSE de Barcelone.

HORTENSE.

LE PRINCE de Léon, sous le nom
de LELIO.

FREDERIC, Ministre de la Princesse.

ARLEQUIN, valet de Lélio.

LISETTE, Maîtresse d'Arlequin.

UN GARDE de la Princesse.

FEMMES de la Princesse.

La Scene est à Barcelone.

LE PRINCE TRAVESTI.

ACTE PREMIER.

SCENE PREMIERE.

LA PRINCESSE, ET SA SUITE, HORTENSE.

La Scene repréfente une Salle où la Prin-
ceffe entre rêveufe accompagnée de quelques
femmes qui s'arrêtent au milieu du Théâtre.

LA PRINCESSE *fe tournant vers fes*
femmes.

ORTENSE ne vient point :
qu'on aille lui dire encore que
je l'attends avec impatience. Je
vous demandois, Hortenfe.

HORTENSE.

Vous me paroiffez bien agitée, Madame.

A iij

LA PRINCESSE *à ses femmes*.
Laissez nous.

SCENE II.

LA PRINCESSE, HORTENSE.

LA PRINCESSE.

MA chere Hortense, depuis un an que vous êtes absente, il m'est arrivé une grande aventure.

HORTENSE.

Hier au soir en arrivant, quand j'eus l'honneur de vous revoir, vous me parûtes aussi tranquile que vous l'étiez avant mon départ.

LA PRINCESSE.

Cela est bien différent, & je vous parus hier ce que je n'étois pas : mais nous avions des témoins, & d'ailleurs vous aviez besoin de repos.

HORTENSE.

Que vous est-il donc arrivé, Madame? car je compte que mon absence n'aura rien diminué des bontés & de la confiance que vous aviez pour moi.

LA PRINCESSE.

Non sans doute, le sang nous unit ; je sai votre attachement pour moi, & vous me ferez toujours chere : mais j'ai peur que vous ne condamniez mes foibleſſes.

HORTENSE.

Moi, Madame, les condamner? Eh n'eſt-ce pas un défaut que de n'avoir point de foibleſſe? Que ferions-nous d'une perſonne parfaite? à quoi nous feroit-elle bonne? entendroit-elle quelque choſe à nous, à notre cœur, à ſes petits beſoins? quel ſervice pourroit-elle nous rendre avec ſa raiſon ferme & ſans quartier, qui feroit main-baſſe ſur tous nos mouvemens? Croyez-moi, Madame, il faut vivre avec les autres, & avoir du moins moitié raiſon & moitié folie, pour lier commerce : avec cela vous nous reſſemblerez un peu ; car pour nous reſſembler tout à fait, il ne faudroit preſque que de la folie : mais je ne vous en demande pas tant. Venons au fait, quel eſt le ſujet de votre inquiétude?

LA PRINCESSE.

J'aime, voilà ma peine.

HORTENSE.

Que ne dites-vous, j'aime, voilà mon plaiſir? car elle eſt faite comme un plaiſir, cette peine que vous dites.

LA PRINCESSE.

Non, je vous aſſûre, elle m'embarraſſe beaucoup.

A iiij

HORTENSE.

Mais vous êtes aimée, sans doute?

LA PRINCESSE.

Je crois voir qu'on n'est pas ingrat.

HORTENSE.

Comment, vous croyez voir? celui qui vous aime met-il son amour en énigme? Oh, Madame, il faut que l'amour parle bien clairement & qu'il répéte toûjours, encore avec cela ne parle-t-il pas assez.

LA PRINCESSE.

Je regne, celui dont il s'agit ne pense pas sans doute qu'il lui soit permis de s'expliquer autrement que par ses respects.

HORTENSE.

Eh bien, Madame, que ne lui donnez-vous un pouvoir plus ample; car qu'est-ce que c'est que du respect? l'amour est bien enveloppé là-dedans. Sans lui dire précisément, expliquez-vous mieux : ne pouvez-vous lui glisser la valeur de cela dans quelque regard? avec deux yeux ne dit-on pas ce que l'on veut?

LA PRINCESSE.

Je n'ose, Hortense, un reste de fierté me retient.

HORTENSE.

Il faudra pourtant bien que ce reste-là s'en aille avec le reste, si vous voulez vous

éclaircir. Mais quelle est la personne en
question?

LA PRINCESSE.

Vous avez entendu parler de Lélio?

HORTENSE.

Oui, comme d'un illustre Etranger, qui
ayant rencontré notre Armée y servit Vo-
lontaire il y a six ou sept mois, & à qui nous
dûmes le gain de la derniere Bataille.

LA PRINCESSE.

Celui qui commandoit l'Armée l'enga-
gea par mon ordre à venir ici, & depuis
qu'il y est, ses sages conseils dans mes af-
faires ne m'ont pas été moins avantageux
que sa valeur : c'est d'ailleurs l'ame la plus
généreuse.....

HORTENSE.

Est-il jeune?

LA PRINCESSE.

Il est dans la fleur de son âge.

HORTENSE.

De bonne mine ?

LA PRINCESSE.

Il me le paroît.

HORTENSE.

Jeune, aimable, vaillant, généreux &
sage ; cet homme-là vous a donné son
cœur, vous lui avez rendu le vôtre en revanche, c'est cœur pour cœur, le troc est

fans reproche, & je trouve que vous avez
fait là un fort bon marché. Comptons ;
dans cet homme-là vous avez d'abord un
Amant ; enfuite, un Miniftre ; enfuite, un
Général d'Armée ; enfuite, un Mari, s'il
le faut, & le tout pour vous ; voilà donc
quatre hommes pour un, & le tout en un
feul. Madame, ce calcul-là mérite attention.

LA PRINCESSE.

Vous êtes toujours badine. Mais cet
homme qui en vaut quatre, & que vous
voulez que j'époufe, favez-vous qu'il
n'eft, à ce qu'il dit, qu'un fimple Gentil-
homme, & qu'il me faut un Prince? Il eft
vrai que dans nos Etats le Privilége des
Princeffes qui regnent, eft d'époufer qui
elles veulent : mais il ne fied pas toujours
de fe fervir de fes priviléges.

HORTENSE.

Madame, il vous faut un Prince, ou un
homme qui mérite de l'être, c'eft la même
chofe ; un peu d'attention, s'il vous plaît.
Jeune, aimable, vaillant, généreux & fage :
Madame, avec cela fût-il né dans une chau-
miere, fa naiffance eft Royale, & voilà
mon Prince ; je vous défie d'en trouver un
meilleur. Croyez-moi, je parle quelquefois férieufement : vous & moi nous reftons

feules de la famille de nos Maîtres; donnez à vos Sujets un Souverain vertueux, ils fe confoleront avec fa vertu, du défaut de fa naiffance.

LA PRINCESSE.

Vous avez raifon, & vous m'encouragez: mais, ma chere Hortenfe, il vient d'arriver ici un Ambaffadeur de Caftille, dont je fai que la commiffion eft de demander ma main pour fon Maître; aurois-je bonne grace de refuser un Prince pour n'épouser qu'un particulier?

HORTENSE.

Si vous aurez bonne grace? eh qui en empêchera? quand on refufe les gens bien poliment, ne les refufe-t'on pas de bonne grace?

LA PRINCESSE.

Eh bien, Hortenfe, je vous en croirai: mais j'attens un fervice de vous: je ne faurois me réfoudre à montrer clairement mes difpofitions à Lélio, fouffrez que je vous charge de ce foin-là, & acquittez-vous-en adroitement dès que vous le verrez.

HORTENSE.

Avec plaifir, Madame, car j'aime à faire de bonnes actions. A la charge que quand vous aurez époufé cet honnête homme-là, il y aura dans votre histoire un petit article que je dresserai moi-même, & qui dira précisément; » ce fut la sage Hortense qui procura cette bonne fortune au » Peuple, la Princesse craignoit de n'avoir » pas bonne grace en épousant Lélio : Hortense lui leva ce vain scrupule, qui eût » peut-être privé la République de cette » longue suite de bons Princes qui ressem-» blerent à leur Pere «. Voila ce qu'il faudra mettre pour la gloire de mes descendans, qui par ce moyen auront en moi une Ayeule d'heureuse mémoire.

LA PRINCESSE.

Quel fond de gaieté!.... mais ma chere Hortense, vous parlez de vos descendans; vous n'avez été qu'un an avec votre mari, qui ne vous a pas laissé d'enfans, & toute jeune que vous êtes, vous ne voulez pas vous remarier, où prendrez-vous votre postérité ?

HORTENSE.

Cela est vrai, je n'y songeois pas, & voilà tout d'un coup ma postérité anéantie ... Mais trouvez-moi quelqu'un qui ait à peu près le mérite de Lélio, & le goût du mariage me reviendra peut-être; car je l'ai tout à fait perdu, & je n'ai point tort. Avant que le Comte Rodrigue m'épousât, il n'y avoit amour ancien ni moderne qui pût figurer auprès du sien. Les autres Amans auprès de lui rampoient comme de mauvaises copies d'un excellent original : c'étoit une chose admirable, c'étoit une passion formée de tout ce qu'on peut imaginer en sentimens, langueurs, soûpirs, transports, délicatesses, douce impatience, & le tout ensemble ; pleurs de joie au moindre regard favorable, torrent de larmes au moindre coup d'œil un peu froid ; m'adorant aujourd'hui, m'idolâtrant demain ; plus qu'idolâtre ensuite, se livrant à des hommages toûjours nouveaux ; enfin si l'on avoit partagé sa passion entre un million de cœurs, la part de chacun d'eux auroit été fort raisonnable, j'étois enchantée ; deux siecles, si nous les passions ensemble, n'épuiseroient pas cette tendresse-là, disois-je en moi-même, en voilà pour plus que je n'en userai : je ne craignois qu'une chose, c'est qu'il ne mourût de tant d'amour avant que d'arriver au jour de notre union. Quand nous fûmes mariés, j'eus peur qu'il n'expirât de joie. Helas, Madame, il ne mourut ni avant ni après, il soutint fort bien sa joie. Le premier mois elle fut violente, le second elle devint plus calme, à l'aide d'une

de mes femmes qu'il trouva jolie ; le troifieme elle baiffa à vûe d'œil, & le quatrie-
me il n'y en avoit plus. Ah ! c'étoit un trif-
te perfonnage après cela que le mien.

LA PRINCESSE.

J'avoue que cela eft affligeant.

HORTENSE.

Affligeant, Madame, affligeant ! imaginez-vous ce que c'eft que d'être humiliée,
rebutée, abandonnée, & vous aurez quelque légere idée de tout ce qui compofe la
douleur d'une jeune femme alors. Eftre aimée d'un homme autant que je l'étois,
c'eft faire fon bonheur & fes délices, c'eft
être l'objet de toutes fes complaifances,
c'eft régner fur lui, difpofer de fon ame,
c'eft voir fa vie confacrée à vos defirs, à
vos caprices, c'eft paffer la vôtre dans la
flateufe conviction de vos charmes, c'eft
voir fans ceffe qu'on eft aimable : ah que
cela eft doux à voir ! le charmant point de
vûe pour une femme ! en vérité tout eft
perdu quand vous perdez cela. Hé bien,
Madame, cet homme dont vous étiez l'i-
dole, concevez qu'il ne vous aime plus, &
mettez-vous vis-à-vis de lui ; la jolie figure que vous y ferez ! Quel opprobre ! Lui
parlez-vous ? toutes fes réponfes font des
monofyllabes, oui, non; car le dégoût eft

laconique. L'approchez-vous, il fuit ; vous plaignez-vous, il querelle ; quelle vie ! quelle chute ! quelle fin tragique ! Cela fait frémir l'amour propre. Voilà pourtant mes aventures, & si je me rembarquois, j'ai du malheur, je ferois encore naufrage, à moins que de trouver un autre Lélio.

LA PRINCESSE.

Vous ne tiendrez pas votre colere, & je chercherai de quoi vous reconcilier avec les hommes.

HORTENSE.

Cela est inutile : je ne sache qu'un homme dans le monde qui pût me convertir là-dessus, homme que je ne connois point, que je n'ai jamais vû que deux jours. Je revenois de mon Château pour retourner dans la Province dont mon mari étoit Gouverneur, quand ma Chaise fut attaquée par des voleurs qui avoient déja fait plier le peu de gens que j'avois avec moi. L'homme dont je vous parle, accompagné de trois autres, vint à mes cris, & fondit sur mes voleurs, qu'il contraignit à prendre la fuite ; j'étois presque évanoüie ; il vint à moi, s'empressa à me faire revenir, & me parut le plus aimable & le plus galant homme que j'aie encore vû : si je n'avois pas été mariée, je ne sai ce que

mon cœur feroit devenu , je ne fai
trop même ce qu'il devint alors : mais il
ne s'agiſſoit plus de cela , je priai mon li-
bérateur de ſe retirer. Il inſiſta à me ſui-
vre près de deux jours ; à la fin je lui
marquai que cela m'embarraſſoit, j'ajoutai
que j'allois joindre mon mari, & je tirai
un diamant de mon doigt que je le preſſai
de prendre , mais ſans le regarder ; il s'é-
loigna très-vîte, & avec quelque ſorte de
douleur. Mon mari mourut deux mois
après , & je ne fai par quelle fatalité
l'homme que j'ai vû m'eſt toujours reſté dans
l'eſprit. Mais il y a apparence que nous ne
nous reverrons jamais, ainſi mon cœur eſt
en ſûreté. Mais qui eſt-ce qui vient à nous?

LA PRINCESSE.

C'eſt un homme à Lélio.

HORTENSE.

Il me vient une idée pour vous, ne
ſauroit-il pas qui eſt ſon Maître ?

LA PRINCESSE.

Il n'y a pas d'apparence ; car Lélio per-
dit ſes gens à la derniere bataille, & il n'a
que de nouveaux domeſtiques.

HORTENSE.

N'importe , faiſons-lui toujours quelques queſtions.

SCENE

SCENE III.

LA PRINCESSE, HORTENSE, ARLEQUIN.

Arlequin arrive d'un air défœuvré en regardant de tous côtés. Il voit la Princesse & Hortense, & veut s'en aller.

LA PRINCESSE.

QUe cherches - tu, Arlequin ? ton Maître eſt-il dans le Palais ?

ARLEQUIN.

Madame, je ſupplie votre Principauté de pardonner l'impertinence de mon étourderie ; ſi j'avois ſû que votre préſence eût été ici, je n'aurois pas été aſſez nigaud pour y venir apporter ma perſonne.

LA PRINCESSE.

Tu n'as point fait de mal. Mais dis-moi, cherche-tu ton Maître ?

ARLEQUIN.

Tout juſte, vous l'avez deviné, Madame ; depuis qu'il vous a parlé tantôt, je l'ai perdu de vûe dans cette peſte de maiſon, & ne vous déplaiſe, je me ſuis auſſi perdu moi. Si vous vouliez bien m'enſeigner mon chemin, vous me fe-

Le Prince Traveſti. B.

riez plaifir ; il y a ici un fi grand tas de chambres , que j'y voyage depuis une heure fans en trouver le bout. Par la mardi , fi vous loüez tout cela , cela vous doit rapporter bien de l'argent , pourtant. Que de fatras de meubles , de drôleries , de colifichets ! tout un Village vivroit un an de ce que cela vaut. Depuis fix mois que nous fommes ici, je n'avois point encore vû cela. Cela eft fi beau , fi beau , qu'on n'ofe pas le regarder ; cela fait peur à un pauvre homme comme moi. Que vous êtes riches , vous autres Princes ! & moi qu'eft - ce que je fuis en comparaifon de cela ? mais n'eft - ce pas encore une autre impertinence que je fais , de raifonner avec vous comme avec ma pareille ? *Hortenfe rit.* Voilà votre camarade qui rit , j'aurai dit quelque fotife. Adieu, Madame , je falue Votre Grandeur.

LA PRINCESSE.

Arrête , arrête......

HORTENSE.

Tu n'as point dit de fotife , au contraire tu me parois de bonne humeur.

ARLEQUIN.

Pardi je ris toûjours : que voulez-vous? je n'ai rien à perdre. Vous vous amufez

à être riches , vous autres , & moi je m'a-
muſe à être gaillard ; il faut bien que chacun ait ſon amuſette en ce monde.

HORTENSE.

Ta condition eſt-elle bonne ? es-tu bien
avec Lélio ?

ARLEQUIN.

Fort bien ; nous vivons enſemble de
bonne amitié : je n'aime pas le bruit , ni
lui non plus ; je ſuis drôle , & cela l'a-
muſe : il me paye bien , me nourrit bien ,
m'habille bien honnêtement & de belle
étoffe , comme vous voyez ; me donne
par-ci par-là quelques petits profits , ſans
ceux qu'il veut bien que je prenne , &
qu'il ne ſait pas ; & comme cela je
paſſe tout bellement ma vie.

LA PRINCESSE *à part.*

Il eſt auſſi babillard que joyeux.

ARLEQUIN.

Eſt-ce que vous ſavez une meilleure
condition pour moi , Madame ?

HORTENSE.

Non , je n'en ſache point de meilleure
que celle de ton Maître , car on dit qu'il
eſt grand Seigneur.

ARLEQUIN.

Il a l'air d'un garçon de famille.

B ij

HORTENSE.

Tu me répons comme si tu ne savois pas qui il est.

ARLEQUIN.

Non, je n'en sai rien, de bonne vérité. Je l'ai rencontré comme il sortoit d'une bataille ; je lui fis un petit plaisir, il me dit grand merci. Il disoit que son monde avoit été tué, je lui répondis tant-pis. Il me dit, tu me plais, veux-tu venir avec moi ? Je lui dis taupe, je le veux bien. Ce qui fut dit fut fait, il prit encore d'autre monde, & puis le voilà qui part pour venir ici, & puis moi je pars de même, & puis nous voilà en voyage en courant la poste, qui est le train du diable ; car parlant par respect, j'ai été près d'un mois sans pouvoir m'asseoir. Ah ! les mauvaises masettes.

LA PRINCESSE *en riant.*

Tu es un Historien bien exact.

ARLEQUIN.

Oh quand je compte quelque chose, je n'oublie rien ; bref, tant y a que nous arrivâmes ici mon Maître & moi. La Grandeur de Madame l'a trouvé brave homme, elle l'a favorisé de sa faveur ; car on l'appelle favori : il n'en est pas plus impertinent qu'il l'étoit pour cela, ni moi non plus. Il est courtisé & moi aussi ; car tout le monde me respecte, tout le monde est ici en peine de ma santé, & me demande mon amitié ; moi je la donne à tout hasard, cela ne me coûte rien, ils en feront ce qu'ils pourront, ils n'en feront pas grand chose. C'est un drôle de métier que d'avoir un Maître ici qui a fait fortune ; tous les Courtisans veulent être les serviteurs de son valet.

LA PRINCESSE.

Nous n'en apprendrons rien, allons-nous-en. Adieu, Arlequin.

ARLEQUIN.

Ah, Madame, sans compliment, je ne suis pas digne d'avoir cet adieu là.

Cette Princesse est une bonne femme ; elle n'a pas voulu me tourner le dos sans me faire une civilité. Bon, voilà mon Maître.

SCENE IV.

LELIO, ARLEQUIN.

LELIO.

Qu'est-ce que tu fais ici ?

ARLEQUIN.

J'y fais connoissance avec la Princesse.

& j'y reçois ses complimens.

LELIO.

Que veux-tu dire avec ta connoissance
& tes complimens ? Est-ce que tu l'as vûe,
la Princesse ? Où est-elle ?

ARLEQUIN.

Nous venons de nous quitter.

LELIO.

Explique-toi donc, que t'a-t'elle dit ?

ARLEQUIN.

Bien des choses. Elle me demandoit si
nous nous trouvions bien ensemble ,
comment s'appelloient votre pere & votre
mere , de quel métier ils étoient , s'ils vi-
voient de leurs rentes ou de celles d'au-
trui. Moi , je lui ai dit , que le diable
emporte celui qui les connoît ; je ne sai
pas quelle mine ils ont , s'ils sont nobles
ou vilains , gentilshommes ou laboureurs ;
mais que vous aviez l'air d'un enfant
d'honnêtes gens. Après cela elle m'a dit :
je vous salue ; & moi je lui ai dit , vous
me faites trop de graces , & puis c'est tout.

LELIO à part.

Quel galimathias ! tout ce que j'en puis
comprendre , c'est que la Princesse s'est
informée de lui , s'il me connoissoit. Enfin
tu lui as donc dit que tu ne savois pas
qui je suis ?

ARLEQUIN.

Oui : cependant je voudrois bien le
favoir ; car quelquefois cela me chicane. Dans la Ville il y a tant de fripons, tant de vauriens qui courent par
le monde pour fourber l'un, pour attra-
per l'autre, & qui ont bonne mine comme vous ... je vous crois un honnête garçon, moi.

LELIO *en riant.*

Va, va, ne t'embarraffe pas, Arlequin,
tu as bon Maître je t'en affure.

ARLEQUIN.

Vous me payez bien, je n'ai pas
befoin d'autre caution ; & au cas que
vous foyez quelque Bohémien, pardi
au moins vous êtes un Bohémien de bon
compte.

LELIO.

En voilà affez, ne fors point du refpect
que tu me dois.

ARLEQUIN.

Tenez, d'un autre côté je m'imagine
quelquefois que vous êtes quelque grand
Seigneur ; car j'ai entendu dire qu'il y a
eu des Princes qui ont couru la prétentai-
ne pour s'ébaudir, & peut-être que c'eft
un vertigo qui vous a pris auffi.

LELIO *à part.*

Ce benêt-là se seroit-il apperçu de ce que je suis ... Et par où juges-tu que je pourrois être un Prince ? Voilà une plaisante idée ! est-ce par le nombre des équipages que j'avois quand je t'ai pris ? par ma magnificence ?

ARLEQUIN.

Bon ! belles bagatelles , tout le monde a de cela : mais par la mardi , personne n'a si bon cœur que vous , & il m'est avis que c'est là la marque d'un Prince.

LELIO.

On peut avoir le cœur bon sans être Prince ; & pour l'avoir tel , un Prince a plus à travailler qu'un autre : mais comme tu es attaché à moi , je veux bien te confier que je suis un homme de condition qui me divertis à voyager inconnu pour étudier les hommes , & voir ce qu'ils sont dans tous les Etats. Je suis jeune , c'est une étude qui me sera nécessaire un jour : voilà mon secret , mon enfant.

ARLEQUIN

Ma foi , cette étude-là ne vous apprendra que misere : ce n'étoit pas la peine de courir la poste pour aller étudier toute cette racaille. Qu'est-ce que
vous

vous ferez de cette connoiffance des hommes ? vous n'apprendrez rien que des pauvretés.

LELIO.

C'eft qu'ils ne me tromperont plus.

ARLEQUIN.

Cela vous gâtera.

LELIO.

D'où vient ?

ARLEQUIN.

Vous ne ferez plus fi bon enfant quand vous ferez bien favant fur cette race-là. En voyant tant de canailles, par dépit, canaille vous deviendrez.

LELIO *à part les premiers mots.*

Il ne raifonne pas mal. Adieu, te voilà inftruit, garde-moi le fecret, je vais retrouver la Princeffe ?

ARLEQUIN.

De quel côté tournerai-je pour retrouver notre cuifine ?

LELIO.

Ne fais-tu pas ton chemin ? tu n'a qu'à traverfer cette galerie-là.

Le Prince Travefti. C

SCENE V.

LELIO *seul.*

LA Princesse cherche à me conno ître, &
cela me confirme dans mes soupçons ;
les services que je lui ai rendus ont disposé
son cœur à me vouloir du bien , & mes
respects empressés l'ont persuadée que je
l'aimois sans oser le dire. Depuis que j'ai
quitté les Etats de mon pere , & que je
voyage sous ce déguisement pour hâter
l'expérience dont j'aurai besoin , si je regne un jour , je n'ai fait nulle part un séjour si long qu'ici : à quoi donc aboutira-
t-il ? Mon pere souhaite que je me marie,
& me laisse le choix d'une épouse. Ne
dois-je pas m'en tenir à cette Princesse? car
elle est aimable ; & si je lui plais , rien n'est
plus flateur pour moi que son inclination ,
elle ne me connoît pas. N'en cherchons
donc point d'autre qu'elle ; déclarons-lui
qui je suis , enlevons-la au Prince de Castille , qui envoye la demander. Elle ne
m'est pas indifférente : mais que je l'aimerois
sans le souvenir inutile que je garde encore de cette belle personne que je sauvai
des mains des voleurs !

SCENE VI.

LELIO, HORTENSE, *à qui un Garde dit en montrant Lélio.*

LE voilà, Madame.

LELIO *surpris.*

Je connois cette Dame-là.

HORTENSE *étonnée.*

Que vois-je ?

LELIO *s'approchant.*

Me reconnoiffez-vous, Madame ?

HORTENSE.

Je crois que oui, Monfieur.

LELIO.

Me fuirez-vous encore ?

HORTENSE.

Il le faudra peut-être bien.

LELIO.

Eh, pourquoi donc le faudra-t-il ? Vous déplais-je tant que vous ne puiffiez au moins fupporter ma vûe ?

HORTENSE.

Monfieur, la converfation commence d'une maniere qui m'embarraffe ; je ne fai que vous répondre, je ne faurois vous dire que vous me plaifez.

C ij

LELIO.

Non, Madame, je ne l'exige point non plus, ce bonheur-là n'eſt pas fait pour moi, & je ne mérite ſans doute que votre indifférence.

HORTENSE.

Je ne ſerois pas aſſez modeſte ſi je vous diſois que vous l'êtes trop : mais de quoi s'agit-il ? je vous eſtime ; je vous ai une grande obligation : nous nous retrouvons ici, nous nous reconnoiſſons, vous n'avez pas beſoin de moi, vous avez la Princeſſe, que pourriez-vous me vouloir encore ?

LELIO.

Vous demander la ſeule conſolation de vous ouvrir mon cœur.

HORTENSE.

Oh, je vous conſolerois mal : je n'ai point de talent pour être confidente.

LELIO.

Vous confidente, Madame ? ah ! vous ne voulez pas m'entendre.

HORTENSE.

Non, je ſuis naturelle ; & pour preuve de cela, vous pouvez vous expliquer mieux, je ne vous en empêche point, cela eſt ſans conſéquence.

LELIO.

Eh quoi Madame , le chagrin que
j'eus en vous quittant il y a sept ou huit
mois , ne vous a point appris mes sentimens ?

HORTENSE.

Le chagrin que vous eûtes en me quittant & à propos de quoi ? qu'est-ce que
c'étoit que votre tristesse ? rappellez-m'en
le sujet ; voyons , car je ne m'en souviens
plus.

LELIO.

Que ne m'en coûta-t-il pas pour vous
quitter ? vous que j'aurois voulu ne quitter jamais , & dont il faudra pourtant que
je me sépare.

HORTENSE.

Quoi ! c'est là ce que vous entendiez ?
en vérité , je suis confuse de vous avoir
demandé cette explication - la : je vous
prie de croire que j'étois dans la meilleure
foi du monde.

LELIO.

Je voi bien que vous ne voudrez jamais
en apprendre davantage.

HORTENSE *le regardant de côté.*

Vous ne m'avez donc point oubliée ?

LELIO.

Non , Madame , je ne l'ai jamais pû ;

C iij

& puifque je vous revois, je ne le pour-
rai jamais …. Mais quelle étoit mon er-
reur quand je vous quittai ? je crus recevoir de vous un regard dont la douceur
me pénétra : mais je voi bien que je me
fuis trompé.

HORTENSE.

Je me fouviens de ce regard-là, par
exemple.

LELIO.

Eh, que penfiez-vous, Madame, en me
regardant ainfi.

HORTENSE.

Je penfois apparemment que je vous
devois la vie.

LELIO.

C'étoit donc une pure reconnoiffance ?

HORTENSE.

J'aurois de la peine à vous rendre compte de cela ; j'étois pénétrée du fervice que
vous m'aviez rendu, de votre générofité :
vous alliez me quitter je vous voyois trif-
te , je l'étois peut - être moi - même :
je vous regardai comme je pûs , fans
favoir comment , fans me gêner ; il y
a des momens où les regards fignifient
ce qu'ils peuvent , on ne répond de rien ,
on ne fait point trop ce qu'on y met ;
il y entre trop de chofes , & peut - être

de tout. Pour ce que je fai, c'eſt que je me ferois bien paſſée de ſavoir votre ſecret.

LELIO.

Eh, que vous importe de le ſavoir, puiſque j'en ſouffrirai tout ſeul ?

HORTENSE.

Tout ſeul ! ôtez-moi donc mon cœur, ôtez-moi ma reconnoiſſance, ôtez-vous vous-même.... Que vous dirai-je ? je me méfie de tout.

LELIO.

Il eſt vrai que votre pitié m'eſt bien dûe, j'ai plus d'un chagrin ; vous ne m'aimerez jamais & vous m'avez dit que vous étiez mariée.

HORTENSE.

Hé bien, je ſuis veuve, perdez du moins la moitié de vos chagrins ; à l'égard de celui de n'être point aimé...

LELIO.

Achevez, Madame, à l'égard de celui-là.

HORTENSE.

Faites comme vous pourrez, je ne ſuis pas mal intentionnée... Mais ſuppoſons que je vous aime, n'y a-t-il pas une Princeſſe qui croit que vous l'aimez ? qui vous aime peut-être elle-même, qui eſt

C iiij

la Maîtresse ici, qui est vive, qui peut dif-
poser de vous & de moi. A quoi donc mon
amour aboutiroit-il ?

LELIO.

Il n'aboutira à rien, dès-lors qu'il n'est
qu'une suppofition.

HORTENSE.

J'avois oublié que je le suppofois.

LELIO.

Ne deviendra-t-il jamais réel ?

HORTENSE *s'en allant.*

Je ne vous dirai plus rien ; vous m'a-
vez demandé la confolation de m'ouvrir
votre cœur, & vous me trompez ; au
lieu de cela, vous prenez la confolation
de voir dans le mien : je fai votre fecret, en voilà affez ; laiffez-moi garder le
mien, fi je l'ai encore.

SCENE VII.

LELIO.

VOici un coup de hafard qui change
mes deffeins ; il ne s'agit plus main-
tenant d'époufer la Princeffe, tâchons de
m'affurer parfaitement du cœur de la
perfonne que j'aime ; & s'il eft vrai qu'il
foit fenfible pour moi.

SCENE VIII.

HORTENSE, LELIO,

HORTENSE.

J'Oubliois à vous informer d'une chose, la Princesse vous aime, vous pouvez aspirer à tout; je vous l'apprends de sa
part, il en arrivera ce qu'il pourra. Adieu.

LELIO *l'arrêtant avec un air & un ton
de surprise.*

Hé, de grace, Madame, arrêtez-vous
un instant. Quoi! la Princesse elle-même
vous auroit chargée de me dire...

HORTENSE.

Voilà de grands transports, mais je n'ai
pas charge de les rapporter: j'ai dit ce que
j'avois a vous dire, vous m'avez entendue;
je n'ai pas le tems de le répéter, & je n'ai
rien à savoir de vous. *Elle s'en va, Lélio piqué l'arrête.*

LELIO.

Et moi, Madame, ma réponse à cela
est, que je vous adore & je vais de ce pas
la porter à la Princesse.

HORTENSE *l'arrêtant.*

Y songez-vous ? si elle sait que vous

m'aimez, vous ne pourrez plus me le dire, je vous en avertis.

LELIO.

Cette réflexion m'arrête : mais il eſt cruel de ſe voir ſoupçonné de joie quand on n'a que du trouble.

HORTENSE *d'un air de dépit.*

Oh ! fort cruel : vous avez raiſon de vous fâcher, la vivacité qui vient de me prendre vous fait beaucoup de tort ; il doit vous reſter de violens chagrins.

LELIO *lui baiſant la main.*

Il ne me reſte que des ſentimens de tendreſſe, qui ne finiront qu'avec m'a vie.

HORTENSE.

Que voulez-vous que je faſſe de ces ſentimens-là ?

LELIO.

Que vous les honoriez d'un peu de retour.

HORTENSE.

Je ne veux point, car je n'oſerois.

LELIO.

Je réponds de tout ; nous prendrons nos meſures, & je ſuis d'un rang...

HORTENSE.

Votre rang eſt d'être un homme aimable & vertueux, & c'eſt là le plus beau rang du monde : mais je vous dis encore une fois que cela est réfolu, je ne vous aimerai point, je n'en conviendrai jamais. Qui moi, vous aimer... vous accorder mon amour pour vous empêcher de régner, pour caufer la perte de votre liberté, peut-être plus? mon cœur vous feroit là de beaux préfens! Non, Lélio, n'en parlons plus, donnez-vous tout entier à la Princeffe, je vous le pardonne; cachez votre tendreffe pour moi, ne me demandez plus la mienne, vous vous expoferiez à l'obtenir; je ne veux point vous l'accorder, je vous aime trop pour vous perdre, je ne peux pas mieux dire. Adieu, je crois que quelqu'un vient.

LELIO *l'arrête.*

J'obéirai, je me conduirai comme vous voudrez : je ne vous demande plus qu'une grace, c'eft de vouloir bien, quand l'occafion s'en préfentera, que j'aie encore une converfation avec vous.

HORTENSE.

Prenez-y garde, une converfation en amenera une autre, & cela ne finira point, je le fens bien.

LELIO.

Ne me refufez pas.

HORTENSE.

N'abufez point de l'envie que j'ai d'y confentir.

LELIO.

Je vous en conjure.

HORTENSE *en s'en allant.*

Soit, perdez-vous donc, puisque vous le voulez.

SCENE IX.

LELIO *seul.*

JE suis au comble de la joïe, j'ai retrouvé ce que j'aimois ; j'ai touché le seul cœur qui pouvoit rendre le mien heureux: il ne s'agit plus que de convenir avec cette aimable personne de la maniere dont je m'y prendrai pour m'assurer sa main.

SCENE X.

FREDERIC, LELIO.

FREDERIC.

PUis-je avoir l'honneur de vous dire un mot ?

LELIO.

Volontiers, Monsieur.

FREDERIC.

Je me flate d'être de vos amis.

LELIO.

Vous me faites honneur.

FREDERIC.

Sur ce pié-là je prendrai la liberté de vous prier d'une chose. Vous savez que le premier Secrétaire d'Etat de la Princesse vient de mourir, & je vous avoue que j'aspire à sa place ; dans le rang où je suis, je n'ai plus qu'un pas à faire pour la remplir ; naturellement elle me paroît due : il y a vingt-cinq ans que je sers l'Etat en qualité de Conseiller de la Princesse, je sai combien elle vous estime & défere à vos avis, je vous prie de faire en sorte qu'elle pense à moi, vous ne pouvez obliger personne qui soit plus votre serviteur que je le suis. On sait à la Cour en quels termes je parle de vous.

LELIO *le regardant d'un air aisé.*

Vous y dites donc beaucoup de bien de moi ?

FREDERIC.

Assurément.

LELIO.

Ayez la bonté de me regarder un peu fixement en me disant cela.

FREDERIC.

Je vous le répéte encore. D'où vient que vous me tenez ce difcours ?

LELIO *après l'avoir examiné.*

Oui, vous foutenez cela à merveille; l'admirable homme de Cour que vous êtes !

FREDERIC.

Je ne vous comprends pas.

LELIO.

Je vais m'expliquer mieux. C'eft que le fervice que vous me demandez, ne vaut pas qu'un honnête homme, pour l'obtenir, s'abaiffe jufqu'à trahir fes fentimens.

FREDERIC.

Jufqu'à trahir mes fentimens ! & par où jugez-vous que l'amitié dont je vous parle ne foit pas vraie ?

LELIO.

Vous me haïffez, vous dis-je, je le fai, & ne vous en veux aucun mal ; il n'y a que l'artifice dont vous vous fervez, que je condamne.

FREDERIC.

Je vois bien que quelqu'un de mes ennemis vous aura indifpofé contre moi.

LELIO,

C'eft de la Princeffe elle-même que je tiens ce que je vous dis, & quoiqu'elle ne

m'en ait fait aucun myftere , vous ne le
fauriez pas fans vos complimens. J'ignore
fi vous avez craint la confiance dont elle
m'honore : mais depuis que je fuis ici ,
vous n'avez rien oublié pour lui donner de
moi des idées défavantageufes , & vous
tremblez tous les jours, dites-vous, que je
ne fois un efpion gagé de quelque Puiffan-
ce , ou quelque aventurier qui s'enfuira au
premier jour avec de grandes fommes , fi
on le met en état d'en prendre ; oh ! fi
vous appellez cela de l'amitié , vous en
avez beaucoup pour moi: mais vous aurez
de la peine à faire paffer votre définition.

FREDERIC *d'un ton férieux.*

Puifque vous êtes fi bien inftruit , je
vous avouerai franchement que mon zele
pour l'Etat m'a fait tenir ces difcours-là ,
& que je craignois qu'on ne fe repentît de
vous avancer trop, je vous ai cru fupect &
dangereux ; voilà la vérité.

LELIO.

Parbleu, vous me charmez de me parler ainfi ! vous ne vouliez me perdre que
parce que vous me foupçonniez d'être dan-
géreux pour l'Etat ? vous êtes loüable ,
Monfieur , & votre zele eft digne de récompenfe, il me fervira d'exemple. Oui ,
je le trouve fi beau que je veux l'imiter ,

moi qui dois tant à la Princeſſe. Vous avez
craint qu'on ne m'avançât , parce que vous
me croyez un eſpion , & moi je crain-
drois qu'on ne vous fît Miniſtre, parce que
je ne croi pas que l'Etat y gagnât ; ainſi je
ne parlerai point pour vous : ne m'en loüez-
vous pas auſſi ?

FREDERIC.

Vous êtes fâché.

LELIO.

Non , en homme d'honneur , je ne ſuis
pas fait pour me venger de vous.

FREDERIC.

Raprochons-nous. Vous êtes jeune , la
Princeſſe vous eſtime , & j'ai une fille aimable , qui eſt un aſſez bon parti ; uniſſons nos
intérêts , & devenez mon gendre.

LELIO.

Vous n'y penſez pas , mon cher Monſieur, ce mariage-là ſeroit une conſpiration
contre l'Etat , il faudroit travailler à vous
faire Miniſtre.

FREDERIC.

Vous refuſez l'offre que je vous fais.

LELIO.

Un eſpion devenir votre gendre , votre
fille devenir la femme d'un aventurier! Ah
je vous demande grace pour elle , j'ai pitié
de la victime que vous voulez ſacrifier à
                                        votre

votre ambition, c'eſt trop aimer la fortune.

FREDERIC.

Je crois offrir ma fille à un homme d'honneur, & d'ailleurs vous m'accuſez d'un plaiſant crime, d'aimer la fortune ! Qui eſt-ce qui n'aimeroit pas à gouverner ?

LELIO.

Celui qui en ſeroit digne.

FREDERIC.

Celui qui en ſeroit digne ?

LELIO.

Oui, & c'eſt l'homme qui auroit plus de vertu que d'ambition & d'avarice. Oh cet homme-là n'y verroit que de la peine.

FREDERIC.

Vous avez bien de la fierté.

LELIO.

Point du tout, ce n'eſt que du zele.

FREDERIC.

Ne vous flatez pas tant, on peut tomber de plus haut que vous n'êtes, & la Princeſſe verra clair un jour.

LELIO.

Ah ! vous voilà dans votre figure naturelle, je vous vois le viſage à préſent, il n'eſt pas joli : mais cela vaut toujours mieux que le maſque que vous portiez tout à l'heure.

Le Prince traveſti.   D

SCENE XI.

LELIO, FREDERIC, LA PRINCESSE.

LA PRINCESSE.

JE vous cherchois, Lelio. Vous êtes de ces personnes que les Souverains doivent s'attacher : il ne tiendra pas à moi que vous ne vous fixiez ici, & j'espere que vous accepterez l'emploi de mon premier Secrétaire d'Etat, que je vous offre.

LELIO.

Vos bontés font infinies, Madame, mais mon métier est la guerre.

LA PRINCESSE.

Vous faites mieux qu'un autre tout ce que vous voulez faire ; & quand votre présence fera nécessaire à l'Armée, vous choisirez pour exercer vos fonctions ici ceux que vous en jugerez les plus capables : ce que vous ferez n'est pas sans exemple dans cet Etat.

LELIO.

Madame, vous avez d'habiles gens ici, d'anciens Serviteurs, à qui cet emploi convient mieux qu'à moi.

LA PRINCESSE.

La supériorité de merite doit l'emporter
en pareil cas sur l'ancienneté de services ;
& d'ailleurs, Frédéric est le seul que cette
fonction pouvoit regarder, si vous n'y
étiez pas : mais il m'est affectionné, & je
suis sûr qu'il se soûmet de bon cœur au
choix qui m'a paru le meilleur. Frédéric,
soyez ami de Lélio, je vous le recommande.

Frédéric fait une profonde révérence.

LA PRINCESSE *continue.*

C'est aujourd'hui le jour de ma naissan-
ce, & ma Cour, suivant l'usage, me donne
aujourd'hui une fête que je vais voir. Lélio, donnez-moi la main pour m'y conduire : vous y verra-t'on, Frédéric ?

FREDERIC.

Madame, les fêtes ne me conviennent
plus.

SCENE XII.

FREDERIC *seul.*

SI je ne viens à bout de perdre cet homme-là, ma chûte est sûre. . . . Un homme
sans nom, sans parens, sans patrie, car
on ne sait d'où il vient, m'arrache le Minis-

tere, le fruit de trente années de travail...
Quel coup de malheur ! je ne puis digérer
une auffi bifare aventure ... Eh je n'en
faurois douter, c'eft l'amour qui a nom-
mé ce Miniftre-là ; oui, la Princeffe a du
penchant pour lui . . . Ne pourroit - on favoir l'hiftoire de fa vie errante, & prendre
enfuite quelques mefures avec l'Ambaffadeur du Roy de Caftille, dont j'ai la confiance? Voici le Valet de cet Aventurier,
tâchons à quelque prix que ce foit de le
mettre dans mes intérêts, il pourra m'être
utile.

SCENE XIII.

FREDERIC, ARLEQUIN.

*Il entre en comptant de l'argent dans
fon chapeau.*

FREDERIC.

Bonjour Arlequin. Es-tu bien riche?

ARLEQUIN.

Chut. Vingt-quatre, vingt-cinq, vingt-
fix & vingt-fept fols. J'en avois trente;

comptez vous, Monſeigneur le Conſeiller, n'eſt-ce pas trois ſols que je perds ?

ARLEQUIN.

FREDERIC.

Cela eſt juſte.

ARLEQUIN.

Hé bien que le Diable emporte le jeu, & les fripons avec.

FREDERIC.

Quoi tu jure pour trois ſols de perte ! Oh, je veux te rendre la joie. Tiens, voi-là une piſtole.

ARLEQUIN.

Le brave Conſeiller que vous êtes ! (*Il ſaute*) hi, hi. Vous méritez bien une ca-priole.

FREDERIC.

Te voilà de meilleure humeur.

ARLEQUIN.

Quand j'ai dit que le Diable emporte les fripons, je ne vous comptois pas au moins.

FREDERIC.

J'en ſuis perſuadé.

ARLEQUIN *recomptant ſon argent*.

Mais il me manque toûjours trois ſols.

FREDERIC.

Non, car il y a bien des trois ſols dans une piſtole.

ARLEQUIN.

Il y a bien des trois ſols dans une piſtole, mais cela ne fait rien aux trois fols qui manquent dans mon chapeau.

FREDERIC.

Je voi bien qu'il t'en faut encore une autre.

ARLEQUIN.

Ho, ho, deux caprioles !

FREDERIC

Aimes-tu l'argent ?

ARLEQUIN.

Beaucoup.

FREDERIC.

Tu ferois donc bien aife de faire une petite fortune ?

ARLEQUIN.

Quand elle feroit groffe, je la prendrois en patience.

FREDERIC.

Ecoute, j'ai bien peur que la faveur de ton Maître ne foit pas longue; elle eft un grand coup de hafard.

ARLEQUIN.

C'eft comme s'il avoit gagné aux cartes.

FREDERIC.

Le connois-tu ?

ARLEQUIN.

Non, je crois que c'eft quelque enfant trouvé.

FREDERIC.

Je te conseillerois de t'attacher à quelqu'un de stable ; à moi, par exemple.

ARLEQUIN.

Ah ! vous avez l'air d'un bon homme,
mais vous êtes trop vieux.

FREDERIC.

Comment trop vieux !

ARLEQUIN.

Oui, vous mourrez bientôt, & vous
me laisseriez orphelin de votre amitié.

FREDERIC.

J'espere que tu ne seras pas bon Pro-
phete : mais je puis te faire beaucoup de
bien en très-peu de tems.

ARLEQUIN.

Tenez vous avez raison : mais on sait
bien ce qu'on quitte, & l'on ne sait pas
ce que l'on prend. Je n'ai point d'esprit,
mais de la prudence j'en ai que c'est une
merveille ; & voilà comme je dis : un homme qui se trouve bien assis, qu'a-t-il besoin de se mettre debout ? J'ai bon pain,
bon vin, bonne fricassée & bon visage,
cent écus par an, & les étrennes au bout,
cela n'est-il pas magnifique ?

FREDERIC.

Tu me cites-là de beaux avantages ! Je
ne prétends pas que tu t'attaches à moi

pour être mon Domeſtique, je veux te donner des emplois qui t'enrichiront, & par-deſſus le marché te marier avec une jolie fille qui a du bien.

ARLEQUIN.

Oh dame, ma prudence dit que vous avez raiſon; je ſuis debout, & vous me faites aſſeoir, cela vaut mieux.

FREDERIC.

Il n'y a point de comparaiſon.

ARLEQUIN.

Pardi, vous me traitez comme votre enfant, il n'y pas à tortiller à cela. Du bien, des emplois & une jolie fille; voilà une pleine boutique de vivres, d'argent & de friandiſe : par la ſanguïenne, vous m'aimez beaucoup pourtant.

FREDERIC.

Oui, ta phiſionomie me plaît, je te trouve un bon garçon.

ARLEQUIN.

Oh, pour cela je ſuis drôle comme un coffre : laiſſez faire, nous rirons comme des fous enſemble : mais allons faire venir ce bien, ces emplois, & cette jolie fille; car j'ai hâte d'être riche & bien aiſe.

FREDERIC.

Ils te ſont aſſurés, te dis-je : mais il faut que tu me rendes un petit ſervice : puiſque

tu

tu te donnes à moi, tu n'en dois point
faire de difficulté.

ARLEQUIN.

Je vous regarde comme mon pere.

FREDERIC.

Je ne veux de toi qu'une bagatelle. Tu
es chez le Seigneur Lélio, je ferois cu-
rieux de favoir qui il eft. Je fouhaite-
rois donc que tu y reftaffes encore trois femaines ou un mois, pour me rapporter
tout ce que tu lui entendras dire en particulier, & tout ce que tu lui verras faire.
Il peut arriver que dans des momens un
homme chez lui dife de certaines chofes,
& en faffe d'autres qui le décelent, & dont
on peut tirer des conjectures. Obferve tout
foigneufement; & en attendant que je te
récompenfe entierement, voilà par avance
de l'argent que je te donne encore.

ARLEQUIN.

Avancez-moi encore la fille, nous la
rabbattrons fur le refte.

FREDERIC.

On ne paye un fervice qu'après qu'il eft
rendu, mon enfant, c'eft la coutume.

ARLEQUIN.

Coutume de vilain, que cela !

FREDERIC.

Tu n'attendras que trois femaines.

Le Prince travefti.   E

ARLEQUIN.

J'aime mieux vous faire mon billet, comme quoi j'aurai reçû cette fille à compte : je ne plaiderai point contre mon écrit.

FREDERIC.

Tu me serviras de meilleur courage en l'attendant ; acquitte-toi d'abord de ce que je te dis : pourquoi hésites-tu ?

ARLEQUIN.

Tout franc, c'est que la commiffion me chifonne.

FREDERIC.

Quoi ! tu mets mon argent dans ta poche, & tu refuses de me servir ?

ARLEQUIN.

Ne parlons point de votre argent, il est fort bon, je n'ai rien à lui dire : mais tenez, j'ai opinion que vous voulez me donner un office de fripon ; car qu'est-ce que vous voulez faire des paroles du Seigneur Lélio mon Maître, là ?

FREDERIC.

C'est une simple curiofité qui me prend.

ARLEQUIN.

Hom… il y a de la malice là-deffous ; vous avez l'air d'un fournois, je m'en vais gager dix fols contre vous, que vous ne valez rien.

FREDERIC.

Que te mets-tu donc dans l'esprit ? tu n'y songes pas, Arlequin.

ARLEQUIN *d'un ton triste.*

Allez, vous ne devriez pas tenter un pauvre garçon, qui n'a pas plus d'honneur qu'il lui en faut, & qui aime les filles. J'ai bien de la peine à m'empêcher d'être un coquin : faut-il que l'honneur me ruine, qu'il m'ôte mon bien, mes emplois & une jolie fille! par la mardi, vous êtes bien méchant, d'avoir été trouver l'invention de cette fille.

FREDERIC *à part.*

Ce butord-là m'inquiete avec ses réflexions. Encore une fois, es-tu fou, d'être si long-tems à prendre ton parti ? D'où vient ton scrupule? de quoi s'agit-il? de me donner quelques instructions innocentes sur le chapitre d'un homme inconnu, qui demain tombera peut-être, & qui te laisse sur le pavé. Songes-tu bien que je t'offre ta fortune, & que tu la perds?

ARLEQUIN.

Je songe que cette commission-là sent le tricot tout pur, & par bonheur que ce tricot fortifie mon pauvre honneur, qui a pensé barguigner. Tenez, votre jolie fille, ce n'est qu'une guenon ; vos emplois, de

E ij

la marchandife de chien : voilà mon dernier mot, & je m'en vais tout droit trouver la Princeffe & mon Maître, peut être
qu'ils récompenferont le dommage que je
fouffre pour l'amour de ma bonne confcience.

FREDERIC.

Comment ! tu vas trouver la Princeffe
& ton Maître : d'où vient ?

ARLEQUIN.

Pour leur contèr mon défaftre , &
toute votre marchandife.

FREDERIC.

Miférable ! as-tu donc réfolu de me perdre, de me deshonorer ?

ARLEQUIN.

Bon ! quand on n'a point d'honneur ,
eft-ce qu'il faut avoir de la réputation ?

FREDERIC.

Si tu parles , malheureux que tu es, je
prendrai de toi une vengeance terrible ; ta
vie me répondra de ce que tu feras, m'en-
tens-tu bien ?

ARLEQUIN *fe moquant.*

Brrrr ! ma vie n'a jamais fervi de caution ; je boirai encore bouteille trente ans
après votre trépaffement. Vous êtes vieux
comme le pere à tretous, & moi je m'appelle le cadet Arlequin. Adieu.

FREDERIC *outré.*

Arrête, Arlequin, tu me mets au défefpoir, tu ne fais pas la conféquence de ce
que tu vas faire, mon enfant, tu me fais
trembler; c'eft toi-même que je te conjure
d'épargner en te priant de fauver mon honneur : encore une fois arrête, la fituation
d'efprit où tu me mets, ne me punit que
trop de mon imprudence.

ARLEQUIN *comme tranfporté.*

Comment? cela eft épouvantable! je
paffe mon chemin fans penfer à mal, &
puis vous venez à l'encontre de moi pour
m'offrir des filles, & puis vous me donnez
une piftole pour trois fols : eft-ce que cela
fe fait? Moi je prends cela, parce que je fuis
honnête, & puis vous me fourbez encore
avec je ne fai combien d'autres piftoles
que j'ai dans ma poche, & que je ferai venir en témoignage contre vous, comme
quoi vous avez mitonné le cœur d'un in-
nocent, qui a eu fa confcience & la crain-
te du bâton devant les yeux, & qui fans
cela auroit trahi fon bon Maître, qui eft
le plus brave & le plus gentil garçon, le
meilleur corps qu'on puiffe trouver dans
tous les corps du monde, & le factotum
de la Princeffe : cela fe peut-il fouffrir?

E iij

FREDERIC.

Doucement, Arlequin, quelqu'un peut venir, j'ai tort: mais finissons, j'acheterai ton silence de tout ce que tu voudras : parle, que me demandes-tu ?

ARLEQUIN.

Je ne vous ferai pas bon marché , prenez-y garde.

FREDERIC.

Dis ce que tu veux , tes longueurs me tuent.

ARLEQUIN *réfléchissant.*

Pourtant, ce que c'est que d'être honnête homme ! je n'ai que cela pour tout potage, moi. Voyez comme je me quarre avec vous. Allons présentez-moi votre Requête, appellez-moi un peu Monseigneur , pour voir comment cela fait ; je suis Frédéric à cette heure, & vous , vous êtes Arlequin.

FREDERIC *à part.*

Je ne sai où j'en suis ; quand je nierois le fait, c'est un homme simple qu'on n'en croira que trop sur une infinité d'autres présomptions ; & la quantité d'argent que je lui ai donné prouve contre moi. (*à Arlequin*) Finissons, mon enfant, que te faut-il ?

ARDEQUIN.

Oh ! tout bellement ; pendant que je suis

Frédéric, je veux profiter un petit brin de
ma Seigneurie. Quand j'étois Arlequin,
vous faisiez le gros dos avec moi : à cette
heure que c'est vous qui l'êtes ; je veux
prendre ma revanche.

FREDERIC *soûpire.*

Ah ! je suis perdu.

ARLEQUIN.

Il me fait pitié. Allons, consolez-vous :
je suis las de faire le glorieux, cela est trop
fot, il n'y a que vous autres qui puissiez
vous accoutumer à cela. Ajustons-nous.

FRDERIC.

Tu n'as qu'à dire.

ARLEQUIN.

Avez-vous encore de cet argent jaune ?
j'aime cette couleur-là , elle dure plus long-
tems qu'une autre.

FREDERIC.

Voilà tout ce qui me reste.

ARLEQUIN.

Bon. Ces pistoles-là , c'est pour vôtre pé-
nitence de m'avoir donné les autres pisto-
les. Venons au reste de la boutique , parlons des emplois.

FEDERIC.

Mais , ces emplois tu ne peux les exercer
qu'en quittant ton Maître.

E iiij

ARLEQUIN.

J'aurai un commis, & pour l'argent qu'il m'en coûtera, vous me donnerez une bonne penſion de cent écus par an.

FREDERIC.

Soit, tu ſeras content : mais me promets-tu de te taire ?

ARLEQUIN.

Touchez-là ; c'eſt marché fait.

FREDERIC.

Tu ne te repentiras pas de m'avoir tenu parole. Adieu, Arlequin, je m'en vais tranquile.

ARLEQUIN *le rappellant.*

ſt ſt ſt ſt ſt....

FREDERIC *revenant.*

Que me veux-tu ?

ARLEQUIN.

Et à propos, nous oublions cette jolie fille.

FREDERIC.

Tu dis que c'eſt une guenon.

ARLEQUIN.

Oh, j'aime aſſez les guenons.

FREDERIC.

Hé bien je tâcherai de te la faire avoir.

ARLEQUIN.

Et moi je tâcherai de me taire.

FREDERIC.

Puisqu'il te la faut absolument, reviens
me trouver tantôt, tu la verras. (à part)
Peut-être me le débauchera-t-elle mieux
que je n'ai pû faire.

ARLEQUIN.

Je veux avoir son cœur sans tricherie.

FREDERIC.

Sans doute, sortons d'ici.

ARLEQUIN.

Dans un quart d'heure je suis à vous. Tenez moi la fille prête.

Fin du premier Acte.

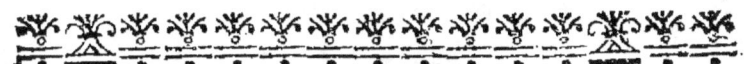

ACTE II.

SCENE PREMIERE.

LISETTE, ARLEQUIN.

ARLEQUIN.

MOn Bijou, j'ai fait une offense en-
vers vos graces, & je suis d'avis de
vous en demander pardon, pendant que j'en
ai la repentance.

LISETTE.

Quoi! un auſſi joli garçon que vous eſt-il capable d'offenſer quelqu'un?

ARLEQUIN.

Un auſſi joli garçon que moi? Oh! cela me confond; je ne mérite pas le pain que je mange.

LISETTE.

Pourquoi donc? qu'avez-vous fait?

ARLEQUIN.

J'ai fait une inſolence; donnez-moi conſeil. Voulez-vous que je m'en accuſe à genoux, ou bien ſur mes deux jambes? Dites-moi ſans façon, faites-moi bien de la honte, ne m'épargnez pas.

LISETTE.

Je ne veux ni vous battre, ni vous voir à genoux; je me contenterai de ſavoir ce que vous avez dit.

ARLEQUIN s'agenouillant.

Mamie, vous n'êtes point aſſez rude; mais je ſai mon devoir.

LISETTE.

Levez-vous donc, mon cher, je vous ai déja pardonné.

ARLEQUIN.

Ecoutez-moi: j'ai dit en parlant de votre inimitable perſonne, j'ai dit.... le reſte eſt ſi gros qu'il m'étrangle.

LISETTE.

Vous avez dit ?

ARLEQUIN.

J'ai dit que vous n'étiez qu'une guenon.

LISETTE *fâchée.*

Pourquoi donc m'aimez-vous, fi vous me trouvez telle ?

ARLEQUIN *pleurant.*

Je confeffe que j'en ai menti.

LISETTE.

Je me croyois plus fupportable ; voilà la vérité.

ARLEQUIN.

Ne vous ai-je pas dit que j'étois un miférable ? mais, mamour, je n'avois pas encore vû votre gentil minois.... ois.... ois.... ois...

LISETTE.

Comment, vous ne me connoiffiez pas dans ce tems-là ? vous ne m'aviez jamais vûe ?

ARLEQUIN.

Pas feulement le bout de votre nez

LISETTE.

Eh, mon cher Arlequin je ne fuis plus fâchée ; ne me trouvez-vous pas de votre goût à préfent?

ARLEQUIN.

Vous êtes délicieufe.

LISETTE.

Hè bien, vous ne m'avez pas infultée;
& quand cela feroit, y a-t-il de meilleure
réparation que l'amour que vous avez pour
moi? Allez, mon ami ne fongez plus à
cela.

ARLEQUIN.

Quand je vous regarde, je me trouve fi
fot.

LISETTE.

Tant mieux, je fuis bien aifé que vous
m'aimiez; car vous me plaifez beaucoup,
vous.

ARLEQUIN *charmé*.

Oh, oh, oh, vous me faites mourir
d'aife.

LISETTE.

Mais eft-il bien vrai que vous m'aimiez?

ARLEQUIN.

Tenez, je vous aime. . . . Mais qui dian-
tre peut dire cela? combien je vous aime. . . . cela eft fi gros que je n'en fai pas
le compte.

LISETTE.

Vous voulez m'époufer?

ARLEQUIN.

Oh! je ne badine point, je vous recher-
che honnêtement pardevant notaire.

LISETTE.

Vous êtes tout à moi?

ARLEQUIN.

Comme un quarteron d'épingles que vous auriez acheté chez le Marchand.

LISETTE.

Vous avez envie que je sois heureuse?

ARLEQUIN.

Je voudrois pouvoir vous entretenir fainéante toute votre vie: manger, boire & dormir, voilà l'ouvrage que je vous souhaite.

LISETTE.

Hé bien, mon ami, il faut que je vous avoue une chose; j'ai fait tirer mon horoscope il n'y a pas plus de huit jours.

ARLEQUIN.

Ho, ho!

LISETTE.

Vous passâtes dans ce moment-là, & on me dit, voyez vous ce joli brunet qui passe? il s'appelle Arlequin.

ARLEQUIN.

Tout juste.

LISETTE.

Il vous aimera.

ARLEQUIN.

Ah, l'habile homme!

LISETTE.

Le Seigneur Frédéric lui proposera de
le fervir contre un inconnu ; il refufera
d'abord de le faire, parce qu'il s'imaginera
que cela ne feroit pas bien : mais vous ob-
tiendrez de lui ce qu'il aura refufé au Seigneur Frédéric, & de-là s'enfuivra pour
vous deux une groffe fortune, dont vous
joüirez mariés enfemble. Voilà ce qu'on
m'a prédit. Vous m'aimez déjà, vous voulez m'époufer, la prédiction eft bien avan-
cée : à l'égard de la propofition du Seigneur
Frédéric, je ne fai ce que c'eft : mais vous
favez bien ce qu'il vous a dit : quant à moi,
il m'a feulement recommandé de vous aimer, & je fuis en bon train de cela, comme vous voyez.

ARLEQUIN *étonné.*

Cela eft admirable ! je vous aime, cela
eft vrai, je veux vous époufer, cela eft encore vrai, & véritablement le Seigneur Frédéric m'a propofé d'être un fripon : je n'ai
pas voulu l'être, & pourtant vous verrez
qu'il faudra que j'en paffe par-là; car quand
une chofe eft prédite, elle ne manque pas
d'arriver.

LISETTE.

Prenez garde, on ne m'a pas prédit que
le Seigneur Frédéric vous propoferoit une

friponnerie ; on m'a feulement prédit que vous croiriez que c'en feroit une.

ARLEQUIN.

Je l'ai cru auffi, & apparemment je me fuis trompé ?

LISETTE.

Cela va tout feul.

ARLEQUIN.

Je fuis un grand nigaud : mais au bout du compte, cela avoit la mine d'une friponnerie, comme j'ai la mine d'Arlequin ; je fuis fâché d'avoir vilipendé ce bon Seigneur Frédéric, je lui ai fait donner tout fon argent : par bonheur je ne fuis pas obligé à reftitution, je ne devinois pas qu'il y avoit une prédiction qui me donnoit le tort.

LISETTE.

Sans doute.

ARLEQUIN.

Avec cela cette prédiction doit avoir prédit que je lui vuiderois fa bourfe.

LISETTE.

Oh ! gardez ce que vous avez reçû.

ARLEQUIN.

Cet argent-là m'étoit dû comme une lettre de change ; fi j'allois le rendre, cela gâteroit l'horofcope, & il ne faut pas cela à l'encontre d'un Aftrologue.

LISETTE.

Vous avez raison : il ne s'agit plus à présent que d'obéir à ce qui est prédit, en faisant ce que souhaite le Seigneur Frédéric, afin de gagner pour nous cette grosse fortune qui nous est promise.

ARLEQUIN.

Gagnons, ma Mie, gagnons, cela est juste ; Arlequin est à vous, tournez-le, virez-le à votre fantaisie, je ne m'embarrasse plus de lui : la prédiction m'a transporté à vous, elle fait bien ce qu'elle fait, il ne m'appartient pas de contredire à son ordonnance ; je vous aime, je vous épouserai, je tromperai Monsieur Lélio, & je m'en gausse ; le vent me pousse, il faut que j'aille : il me pousse à baiser votre menote, il faut que je la baise.

LISETTE *riant*.

L'Astrologue n'a pas parlé de cet article-là.

ARLEQUIN.

Il l'aura peut-être oublié.

LISETTE.

Apparemment ; mais allons trouver le Seigneur Frédéric, pour vous reconcilier avec lui.

ARLEQUIN.

Voilà mon Maître, je dois être encore
trois

trois semaines avec lui pour guetter ce qu'il fera , & je vais voir s'il n'a pas besoin de moi. Allez , mes amours , allez m'attendre chez le Seigneur Frédéric.

LISETTE.

Ne tardez pas.

SCENE II.

LELIO, ARLEQUIN.

Lélio arrive rêveur , sans voir Arlequin qui se retire à quartier. Lélio s'arrête sur le bord du Théatre en rêvant.

ARLEQUIN à part.

IL ne me voit pas. Voyons sa pensée.

LELIO.

Me voilà dans un embarras , dont je ne sai comment me tirer.

ARLEQUIN à part.

Il est embarrassé.

LELIO.

Je tremble que la Princesse pendant la Fête n'ait surpris mes regards sur la personne que j'aime.

Le Prince Travesti. E

ARLEQUIN *à part.*

Il tremble à cause de la Princesse ; tu-
bleu... ce frisson-là est un affaire d'Etat...
vertuchou !

LELIO.

Si la Princesse vient à soupçonner mon
penchant pour son amie, sa jalousie me la
dérobera, & peut-être fera-t-elle pis.

ARLEQUIN *à part.*

Oh, oh ... la dérobera ... il traite la
Princesse de friponne. Par la sambille, Monsieur le Conseiller fera bien ses orges de
ces bribes-là que je ramasse, & je vois bien
que cela me vaudra pignon sur rue.

LELIO.

J'aurois besoin d'une entrevûe.

ARLEQUIN *à part.*

Qu'est-ce que c'est qu'une entrevue ? je
crois qu'il parle latin...le pauvre homme, il
me fait pitié pourtant, car peut-être qu'il
en mourra : mais l'horoscope le veut ; cependant si j'avois un peu sa permission...
Voyons, je vais lui parler.

*Il retourne dans le fond du Théatre, & de-là
il accourt comme s'il arrivoit, & dit :*

Ah, mon cher Maître !

LELIO.

Que me veux-tu ?

ARLEQUIN.

Je viens vous demander ma petite fortune.

LELIO.

Qu'eft-ce que cette fortune?

ARLEQUIN.

C'eft que le Seigneur Frédéric m'a promis tout plein mes poches d'argent, fi je
lui contois un peu ce que vous êtes, &
tout ce que je fai de vous ; il m'a bien recommandé le fecret, & je fuis obligé de
le garder en confcience : ce que j'en dis,
ce n'eft que par maniere de parler. Voulez-
vous que je lui rapporte toutes les babioles
qu'il demande ? vous favez que je fuis pauvre, l'argent qui m'en viendra je le met-
trai en rente, ou je le prêterai à ufure.

LELIO.

Que Frédéric eft lâche ! Mon enfant, je
pardonne à ta fimplicité le compliment que
tu me fais. Tu as de l'honneur à ta maniere, & je ne vois nul inconvénient pour moi
à te laiffer profiter de la baffeffe de Frédéric. Oui, reçoi fon argent, je veux bien
que tu lui rapportes ce que je t'ai dit que
j'étois, & ce que tu fais.

ARLEQUIN.

Votre foi ?

E ij

L E L I O.

Fais, j'y confens.

A R L E Q U I N.

Ne vous gênez point, parlez-moi fans façon; je vous laiffe la liberté, rien de force.

L E L I O.

Va ton chemin, & n'oublie pas fur-tout de lui marquer le fouverain mépris que j'ai pour lui.

A R L E Q U I N.

Je ferai votre commiffion.

L E L I O.

J'apperçois la Princeffe. Adieu, Arlequin, va gagner ton argent.

SCENE III.

A R L E Q U I N.

QUand on a un peu d'efprit, on accomode tout; un butord auroit été chagriner fon Maître fans lui en demander honnêtement le privilége. A cette heure, fi je lui caufe du chagrin, ce fera de bonne amitié, au moins. Mais voilà cette Princeffe avec fa Camarade.

SCENE IV.

ARLEQUIN, LA PRINCESSE, HORTENSE.

LA PRINCESSE *à Arlequin.*

IL me semble avoir vû de loin ton Maître avec toi.

ARLEQUIN.

Il vous a semblé la vérité, Madame ; & quand cela ne seroit pas, je ne suis pas là pour vous dédire.

LA PRINCESSE.

Va le chercher, & dis-lui que j'ai à lui parler.

ARLEQUIN.

J'y cours, Madame, (*il va & revient.*) si je ne le trouve pas, qu'est-ce que je lui dirai ?

LA PRINCESSE.

Il ne peut pas encore être loin, tu le trouveras sans doute.

ARLEQUIN *à part.*

Bon, je vais tout d'un coup chercher le Seigneur Frédéric.

SCENE V.

LA PRINCESSE, HORTENSE.

LA PRINCESSE.

MA chère Hortenfe, apparemment
que ma rêverie eft contagieufe ; car vous
devenez rêveufe auffi bien que moi.

HORTENSE.

Que voulez-vous, Madame ? je vous
vois rêver, & cela me donne un air penfif;
je vous copie de figure.

LA PRINCESSE

Vous copiez fi bien qu'on s'y mépren-
droit : quant à moi, je ne fuis point tranquile, le rapport que vous me faites de
Lélio ne me fatisfait pas. Un homme à
qui vous avez fait appercevoir que je l'aime, un homme à qui j'ai cru voir du
penchant pour moi, devroit à votre difcours
donner malgré lui quelques marques de
joie, & vous ne me parlez que de fon
profond refpect ; cela eft bien froid.

HORTENSE.

Mais, Madame, ordinairement le refpect n'eft ni chaud, ni froid ; je ne lui ai

pas dit crûment, la Princesse vous aime ;
il ne m'a pas répondu crûment, j'en suis
charmé : il ne lui a pas pris des transports :
mais il m'a paru pénétré d'un profond respect. J'en reviens toûjours à ce respect, &
je le trouve en sa place.

LA PRINCESSE.

Vous êtes femme d'esprit, lui avez-
vous senti quelque surprise agréable ?

HORTENSE.

De la surprise ? oui, il en a montré ; à
l'égard de savoir si elle étoit agréable ou
non, quand un homme sent du plaisir, &
qu'il ne le dit point, il en auroit un jour entier sans qu'on le devinât : mais enfin pour
moi, je suis fort contente de lui.

LA PRINCESSE *soûriant d'un air forcé.*

Vous êtes fort contente de lui, Hortense ; n'y auroit-il rien d'équivoque là des-
sous ? Qu'est-ce que cela signifie ?

HORTENSE.

Ce que signifie, je suis contente de lui ?
cela veut dire... En vérité, Madame, cela
veut dire que je suis contente de lui ; on
ne sauroit expliquer cela qu'en le répétant
Comment feriez-vous pour dire autrement?
Je suis satisfaite de ce qu'il m'a répondu sur
votre chapitre, l'aimez-vous mieux de cette façon-là ?

LA PRINCESSE.

Cela eft plus clair.

HORTENSE.

C'eft pourtant la même chofe.

LA PRINCESSE.

Ne vous fâchez point , je fuis dans une fituation d'efprit qui mérite un peu d'indulgence. Il me vient des idées fâcheufes, déraifonnables ; je crains tout , je foupçonne tout : je crois que j'ai été jaloufe de vous, oui de vous-même , qui êtes la meilleure de mes amies , qui méritez ma confiance, & qui l'avez Vous êtes aimable, Lélio l'eft auffi , vous vous êtes vûs tous deux , vous m'avez fait un rapport de lui qui n'a pas rempli mes efpérances ; je me fuis égarée là-deffus, j'ai vû mille chimeres , vous étiez déja ma rivale. Qu'eft ce que c'eft que l'amour, ma chere Hortenfe ! où eft l'eftime que j'ai pour vous , la juftice que je dois vous rendre ? me reconnoiffez-vous ? ne font-ce pas là les foibleffes d'un enfant que je rapporte ?

HORTENSE.

Oui , mais les foibleffes d'un enfant de votre âge font dangereufes , & je voudrois bien n'avoir rien à démêler avec elles.

LA PRINCESSE.

Ecoutez, je n'ai pas tant de tort; tantôt

pendant

pendant que nous étions à cette Fête, Lélio n'a presque regardé que vous, vous le savez bien.

HORTENSE.

Moi, Madame ?

LA PRINCESSE.

Hé bien, vous n'en convenez pas : cela est mal entendu, par exemple, il sembleroit qu'il y a du mystere ; n'ai-je pas remarqué que les regards de Lélio vous embarrassoient, & que vous n'osiez pas le regarder, par considération pour moi sans doute ? ... Vous ne me répondez pas ?

HORTENSE.

C'est que je vous vois en train de remarquer, & si je réponds, j'ai peur que vous ne remarquiez encore quelque chose dans ma réponse : cependant je n'y gagne rien ; car vous faites une remarque sur mon silence. Je ne sai plus comment me conduire ; si je me tais, c'est du mystere ; si je parle, autre mystere ; enfin je suis mystere depuis les pieds jusqu'à la tête. En vérité je n'ose pas me remuer, j'ai peur que vous n'y trouviez un équivoque : quel étrange amour que le vôtre, Madame ! je n'en ai jamais vû de cette humeur-là.

LA PRINCESSE.

Encore une fois je me condamne : mais

Le Prince Travesti. G

vous n'êtes pas mon amie pour rien, vous êtes obligée de me supporter; j'ai de l'amour en un mot, voilà mon excuse.

HORTENSE.

Mais, Madame, c'est plus mon amour que le vôtre, de la maniere dont vous le prenez, il me fatigue plus que vous; ne pourriez vous me dispenser de votre confidence? Je me trouve une passion sur les bras qui ne m'appartient pas, peut-on de fardeau plus ingrat?

LA PRINCESSE *d'un air sérieux.*

Hortense, je vous croyois plus d'attachement pour moi, & je ne sai que penser, après tout, du dégoût que vous témoignez, quand je répare mes soupçons à votre égard par l'aveu franc que je vous en fais : mon amour vous déplaît trop; je n'y comprends rien, on diroit presque que vous en avez peur.

HORTENSE.

Ah la désagréable situation! que je suis malheureuse, de ne pouvoir ouvrir ni fermer la bouche en sûreté! Que faudra-t-il donc que je devienne ? les remarques me suivent, je n'y saurois tenir; vous me désesperez, je vous tourmente, toûjours je vous fâcherai en parlant, toûjours je vous fâcherai en ne disant mot; je ne saurois

donc me corriger. Voilà une querelle fon-
dée pour l'éternité ; le moyen de vivre ensemble ? j'aimerois mieux mourir. Vous
me trouvez rêveuse , après cela il faut que
je m'explique ; Lélio m'a regardée , vous
ne savez que penser, vous ne me compre-
nez pas : vous m'estimez , vous me croyez
fourbe ; haine , amitié , soupçon , confiance , le calme , l'orage , vous me mettez
tout ensemble ; je m'y perds , la tête me
tourne, je ne sai où je suis : je quitte la partie , je me sauve , je m'en retourne , dus-
siez-vous prendre mon voyage pour une fi-
nesse.

L'A PRINCESSE *la caressant.*

Non, ma chere Hortense , vous ne me
quitterez point, je ne veux point vous perdre , je veux vous aimer , je veux que
vous m'aimiez ; j'abjure toutes mes foibles-
ses , vous êtes mon amie , je suis la vôtre ,
& cela durera toûjours.

HORTENSE.

Madame, cet amour-là nous brouillera
ensemble , vous le verrez ; laissez - moi
partir , comptez que je fais pour le mieux.

LA PRINCESSE.

Non , ma chere , je vais faire arrêter
tous vos équipages , vous ne vous servirez
que des miens ; & pour plus de sûreté , à

toutes les portes de la Ville vous trouverez des Gardes qui ne vous laifferont paffer qu'avec moi. Nous irons quelquefois
nous promener enfemble , voila tous les
voyages que vous ferez : point de mutine-
rie , je n'en rabatterai rien. A l'égard de
Lélio , vous continuerez de le voir avec
moi, ou fans moi , quand votre amie vous
en priera.

HORTENSE.

Moi, voir Lélio , Madame ? & fi Lélio
me regarde ? il a des yeux ; & fi je le
regarde , j'en ai auffi , ou bien fi je ne le
regarde pas ? car tout eft égal avec vous.
Que voulez-vous que je faffe dans la com-
pagnie d'un homme avec qui toute fonction de mes deux yeux eft interdite ? les
fermerai-je ? les détournerai-je ? voilà tout
ce qu'on en peut faire , & rien de tout cela
ne vous convient. D'ailleurs s'il a toûjours
ce profond refpect qui n'eft pas de votre
goût , vous vous en prendrez à moi , vous
me direz encore , cela eft bien froid ; comme fi je n'avois qu'à lui dire , Monfieur ,
foyez plus tendre : ainfi fon refpect , fes
yeux & les miens , voilà trois chofes que
vous ne me pafferez jamais. Je ne fai fi
pour vous accommoder il me fuffiroit d'ê-
tre aveugle , fourde & muette ; je ne fe-

rois peut-être pas encore à l'abri de votre chicane.

LA PRINCESSE.

Toute cette vivacité-là ne me fait point de peur : je vous connois, vous êtes bonne , mais impatiente, & quelque jour vous & moi nous rirons de ce qui nous arrive aujourd'hui.

HORTENSE.

Souffrez que je m'éloigne pendant que vous aimez ; au lieu de rire de mon séjour, nous rirons de mon absence, n'est-ce pas la même chose ?

LA PRINCESSE.

Ne m'en parlez plus , vous m'affligez. Voici Lélio qu'apparemment Arlequin aura averti de ma part ; prenez de grace un air moins triste : je n'ai qu'un mot à lui dire ; après l'instruction que vous lui avez donnée , nous jugerons bien-tôt de ses sentimens par la maniere dont il se comportera dans la suite. Le don de ma main lui fait un beau rang : mais il peut avoir le cœur pris.

SCENE VI.

LELIO, HORTENSE,
LA PRINCESSE.

LELIO.

JE me rends à vos ordres, Madame, Arlequin m'a dit que vous souhaitiez me parler.

LA PRINCESSE.

Je vous attendois, Lélio, vous savez quelle est la commission de l'Ambassadeur du Roi de Castille ; qu'on est convenu d'en délibérer aujourd'hui. Frédéric s'y trouvera : mais c'est à vous seul à décider : il s'agit de ma main que le Roi de Castille demande, vous pouvez l'accorder ou la refuser. Je ne vous dirai point quelles seroient mes intentions là-dessus, je m'en tiens à souhaiter que vous les deviniez : j'ai quelques ordres à donner, je vous laisse un moment avec Hortense ; à peine vous connoissez-vous encore : elle est mon amie, & je suis bien-aise que l'estime que j'ai pour vous ait son aveu.

SCENE VII

HORTENSE, LELIO.

LELIO

ENfin, Madame, il eſt tems que vous décidiez de mon ſort, il n'y a point de momens à perdre. Vous venez d'entendre la Princeſſe, elle veut que je prononce ſur le mariage qu'on lui propoſe. Si je refuſe de le conclurre, c'eſt entrer dans ſes vûes, & lui dire que je l'aime; ſi je le conclus, c'eſt lui donner des preuves d'une indifférence dont elle cherchera les raiſons. La conjonĉture eſt preſſante : que réſolvez-vous en ma faveur ? il faut que je me dérobe d'ici inceſſamment : mais vous, Madame y reſterez-vous ? je puis vous offrir un aſyle où vous ne craindrez perſónne. Oſerai-je eſpérer que vous conſentirez aux meſures promptes & néceſſaires....?

HORTENSE.

Non, Monſieur, n'eſpérez rien, je vous prie, ne parlons plus de votre cœur, & laiſſez le mien en repos; vous le troublez, je ne ſai ce qu'il eſt devenu, je n'entends parler que d'amour à droit & à gauche,

il m'environne, il m'obſede, & le vôtre
au bout du compte eſt celui qui me preſſe
le plus.

LELIO.

Quoi, Madame! c'en eſt donc fait ?
mon amour vous fatigue, & vous me re-
butez.

HORTENSE.

Si vous cherchez à m'attendrir, je vous
avertis que je vous quitte ; je n'aime point
qu'on exerce mon courage.

LELIO.

Ah, Madame ! il ne vous en faut pas
beaucoup pour réſiſter à ma douleur.

HORTENSE.

Eh, Monſieur, je ne ſai point ce qu'il
m'en faut, & ne trouve point à propos
de le ſavoir ; laiſſez-moi me gouverner,
chacun ſe ſent, briſons là-deſſus.

LELIO.

Il n'eſt que trop vrai que vous pouvez
m'écouter ſans aucun riſque.

HORTENSE.

Il n'eſt que trop vrai ! Oh je ſuis plus
difficile en vérités que vous, & ce qui eſt
trop vrai pour vous, ne l'eſt pas aſſez pour
moi. Je crois que j'irois loin avec vos ſûre-
tés, ſur-tout avec un garant comme vous.
En vérité, Monſieur, vous n'y ſongez,

pas, il n'eſt que trop vrai ! Si cela étoit ſi vrai, j'en ſaurois quelque choſe, car vous me forcez à vous dire plus que je ne veûx, & je ne vous le pardonnerai pas.

LELIO.

Si vous ſentez quelque heureuſe diſpoſition pour moi, qu'ai-je fait depuis tantôt qui puiſſe mériter que vous la combattiez ?

HORTENSE.

Ce que vous avez fait ? Pourquoi me rencontrez - vous ici ? qu'y venez - vous chercher ? Vous êtes arrivé à la Cour, vous avez plû à la Princeſſe, elle vous aime, vous dépendez d'elle, j'en dépens de même, elle eſt jalouſe de moi : voilà ce que vous avez fait, Monſieur, & il n'y a point de remede à cela puiſque je n'en trouve point.

LELIO *étonné.*

La Princeſſe eſt jalouſe de vous ?

HORTENSE.

Oui, très-jalouſe : peut-être actuellement ſommes-nous obſervés l'un & l'autre, & après cela vous venez me parler de votre paſſion, vous voulez que je vous aime ; vous le voulez, & je tremble de ce qui en peut arriver : car enfin on ſe laſſe, j'ai beau vous dire que cela ne ſe peut pas, que mon cœur vous ſeroit inutile ; vous ne m'écoutez point, vous vous plaifez à me poufler à bout. Eh, Lélio, qu'eft-ce que c'eft que votre amour ? vous ne me ménagez point ; aime-t-on les gens quand on les perfécute ? quand ils font plus à plaindre que nous, quand ils ont leurs chagrins & les nôtres, quand ils ne nous font un peu de mal que pour éviter de nous en faire davantage ? Je refufe de vous aimer, qu'eft-ce que j'y gagne ? Vous imaginez-vous que j'y prends plaifir ? non Lélio, non, le plaifir n'eft pas grand : vous êtes un ingrat, vous devriez me remercier de mes refus, vous ne les méritez pas. Dites-moi, qu'eft-ce qui m'empêche de vous aimer ? cela eft-il fi difficile ? n'ai-je pas le cœur libre ? n'êtes-vous pas aimable ? ne m'aimez-vous pas affez ? que vous manque-t-il ? vous n'êtes pas raifonnable. Je vous refufe mon cœur avec le péril qu'il y a de l'avoir ; mon amour vous perdroit : voilà pourquoi vous ne l'aurez point, voilà d'où me vient ce courage que vous me reprochez, & vous vous plaignez de moi, & vous me demandez encore que je vous aime : expliquez-vous donc, que me demandez-vous ? que vous faut-il ? qu'appellez-vous aimer ? je n'y comprends rien.

LELIO *vivement.*

C'eſt votre main qui, manque à mon bonheur.

HORTENSE *tendrement.*

Ma main.....ah ! je ne périrois pas ſeule, & le don que je vous en ferois me coûteroit mon époux , & je ne veux pas mourir en perdant un homme comme vous. Non , ſi je faiſois jamais votre bonheur, je voudrois qu'il durât long-tems.

LELIO *animé.*

Mon cœur ne peut ſuffire à toute ma tendreſſe , Madame , prêtez-moi de grace un moment d'attention , je vais vous inſtruire.

HORTENSE.

Arrêtez , Lélio ; j'enviſage un malheur qui me fait frémir , je ne ſache rien de ſi cruel que votre obſtination ; il me ſemble que tout ce que vous me dites m'entretient de votre mort. Je vous avois prié de laiſſer mon cœur en repos , vous n'en faites rien : voilà qui eſt fini , pourſuivez, je ne vous crains plus. Je me ſuis d'abord contentée de vous dire que je ne pouvois pas vous aimer , cela ne vous a pas épouvanté : mais je ſai des façons de parler plus poſitives , plus intelligibles , & qui aſſurément vous guériront de toute eſpérance. Voici donc à la lettre ce que je penfe, & ce que je penferai toûjours. C'eft que je ne vous aime point, & que je ne vous aimerai jamais. Ce difcours eft net, je le crois fans replique ; il ne refte plus de queftion à faire, je ne fortirai point de-là , je ne vous aime point, vous ne me plaifez point : fi je favois une maniere de m'expliquer plus dure; je m'en fervirois pour vous punir de la douleur que je fouffre à vous en faire. Je ne penfe pas qu'à préfent vous ayez envie de parler de votre amour, ainfi changeons de fujet.

LELIO.

Oui, Madame, je vois bien que votre refolution eft prife : la feule efpérance d'être uni pour jamais avec vous, m'arrêtoit encore ici ; je m'étois flaté, je l'avoue : mais c'eft bien peu de chofe que l'intérêt que l'on prend à un homme à qui l'on peut parler comme vous le faites. Quand je vous apprendrois qui je fuis, cela ne ferviroit de rien, vos refus n'en feroient que plus affligeans. Adieu, Madame, il n'y a plus de féjour ici pour moi, je parts dans l'inftant, & ne vous oublierai jamais. (il s'éloigne.)

HORTENSE *pendant qu'il s'en va.*
Oh ! je ne fai plus où j'en fuis, je n'avois

pas prévu ce coup-là. (*Elle l'appelle*) Lélio?

LELIO. *revenant.*
Que me voulez-vous, Madame?

HORTENSE.
Je n'en fai rien ; vous êtes au défefpoir,
vous m'y mettez, je ne fai encore que
cela.

LELIO.
Vous me haïrez, fi je ne vous quitte.

HORTENSE.
Je ne vous hais plus quand vous me
quittez.

LELIO
Daignez donc confulter votre cœur.

HORTENSE.
Vous voyez bien les confeils qu'il me
donne ; vous partez, je vous rappelle ; je
vous rappellerai, fi je vous renvoie : mon
cœur ne finira rien.

LELIO.
Eh, Madame, ne me renvoyez plus ;
nous échapperons aifément à tous les mal-
heurs que vous craignez : laiffez-moi vous
expliquer mes mefures, & vous dire que
ma naiffance....

HORTENSE *vivement.*
Non, je me retrouve enfin, je ne veux
plus rien entendre : échapper à nos mal-

heurs ? ne s'agit-il pas de fortir d'ici ? le pourrons nous ? n'a-t-on pas les yeux fur nous ? ne ferez-vous pas arrêté ? Adieu, je vous dois la vie, je ne vous devrai rien fi vous ne fauvez la vôtre. Vous dites que vous m'aimez ; non, je n'en crois rien fi vous ne partez. Partez donc, ou foyez mon ennemi mortel ; partez, ma tendreffe vous l'ordonne, ou reftez ici, l'homme du monde le plus haï de moi, & le plus haïf-fable que je connoiffe. (*Elle s'en va comme en colere.*)

LELIO *d'un ton de dépit*

Je partirai donc, puifque vous le vou-lez : mais vous prétendez me fauver la vie, & vous n'y réuffirez pas.

HORTENSE *fe retournant de loin.*

Vous me rappellez donc à votre tour ?

LELIO.

J'aime autant mourir que de ne vous plus voir.

HORTENSE.

Ah ! voyons donc les mefures que vous voulez prendre.

LELIO *tranfporté de joie.*

Quel bonheur ! je ne faurois retenir mes tranfports.

HORTENSE *nonchalamment.*

Vous m'aimez beaucoup, je le fai bien ;

paſſons votre reconnoiſſance , nous dirons
cela une autre fois. Venons aux meſures...

LELIO.

Que n'ai-je , au lieu d'une Couronne
qui m'attend , l'Empire de la terre à vous
offrir !

HORTENSE *avec une ſurpriſe modeſte.*

Vous êtes né Prince ? mais vous n'a-
vez qu'à me garder votre cœur , vous ne
me donnerez rien qui le vaille : achevons.

LELIO.

J'attends demain *incognito* un Courier
du Roi de Leon mon Pere.

HORTENSE.

Arrêtez , Prince , Frédéric vient , l'Ambaſſadeur le ſuit ſans doute. Vous m'in-
formerez tantôt de vos réſolutions.

LELIO.

Je crains encore vos inquiétudes.

HORTENSE.

Et moi je ne crains plus rien , je me
ſens l'imprudence la plus tranquile du
monde : vous me l'avez donnée , je m'en
trouve bien ; c'eſt à vous à me la garantir,
faites comme vous pourrez.

LELIO.

Tout ira bien , Madame ; je ne con-
clurrai rien avec l'Ambaſſadeur pour gagner du tems , je vous reverrai tantôt.

SCENE VII.

L'AMBASSADEUR, LELIO,

FREDERIC.

FREDERIC *à part à l'Ambaſſadeur.*

VOus ſentirez , (j'en ſuis ſûr) juſqu'où va l'audace de ſes eſpérances.

L'AMBASSADEUR *à Lélio.*

Vous ſavez , Monſieur , ce qui m'a-mene ici , & votre habileté me répond du ſuccès de ma commiſſion. Il s'agit d'un mariage entre votre Princeſſe & le Roi de Caſtille mon Maître. Tout invite à le con-clurre , jamais union ne fut peut-être plus néceſſaire ; vous n'ignorez pas les juſtes droits que les Rois de Caſtille prétendent avoir ſur une partie de cet Etat , par les alliances . . .

L É L I O.

Laiſſons-là ces droits hiſtoriques , Mon-ſieur , je ſai ce que c'eſt ; & quand on voudra , la Princeſſe en produira de même valeur ſur les Etats du Roi votre Maître. Nous n'avons qu'à relire auſſi les alliances
paſſées ,

paſſées, vous verrez qu'il y aura quelqu'une de vos Provinces qui nous appartiendra.

FREDERIC.

Effectivement vos droits ne ſont pas fondés, & il n'eſt pas beſoin d'en appuyer le mariage dont il s'agit.

L'AMBASSADEUR.

Laiſſons-les donc pour le préſent, j'y conſens : mais la trop grande proximité des deux Etats entretient depuis vingt ans des guerres qui ne finiſſent que pour des inſtans, & qui recommenceront bien-tôt entre deux Nations voiſines, & dont les interêts ſe croiſeront toujours. Vos peuples ſont fatigués, mille occaſions vous ont prouvé que vos reſſources ſont inégales aux nôtres : la paix que nous venons de faire avec vous, vous la devez à des circonſtances qui ne ſe rencontreront pas toûjours. Si la Caſtille n'avoit été occupée ailleurs, les choſes auroient bien changé de face.

LELIO.

Point du tout ; il en auroit été de cette guerre comme de toutes les autres. Depuis tant de ſiecles que cet Etat ſe défend contre le vôtre, où ſont vos progrès ? je n'en vois point qui puiſſent juſtifier cette grande inégalité de forces dont vous parlez.

Le Prince Traveſti. H

L'AMBASSADEUR.

Vous ne vous êtes soutenus que par des
secours étrangers.

LELIO.

Ces mêmes secours dans bien des occa-
sions vous ont aussi rendu de grands services ; & voilà comment subsistent les
Etats , la politique de l'un arrête l'ambition de l'autre.

FREDERIC.

Retranchons-nous sur des choses plus
effectives , sur la tranquilité durable que
ce mariage assureroit aux deux peuples qui
ne seroient plus qu'un , & qui n'auroient
plus qu'un même Maître.

LELIO.

Fort bien ; mais nos peuples n'ont-ils
pas leurs lois particulieres ? êtes-vous sûr,
Monsieur, qu'ils voudront bien passer sous
une domination étrangere , & peut-être
se soûmettre aux coûtumes d'une Nation
qui leur est antipathique ?

L'AMBASSADEUR.

Désobéiront-ils à leur Souveraine ?

LELIO.

Ils lui désobéiront par amour pour elle,

FREDERIC.

En ce cas-là il ne sera pas difficile de
les réduire,

LELIO.

Y pensez-vous, Monsieur ? S'il faut les opprimer pour les rendre tranquiles comme vous l'entendez, ce n'est pas de leur Souveraine que doit leur venir un pareil repos ; il n'appartient qu'à la fureur d'un ennemi, de leur faire un présent si funeste.

FREDERIC *à part à l'Ambassadeur.*

Vous voyez des preuves de ce que je vous ai dit.

L'AMBASSADEUR *à Lélio.*

Votre avis est donc de rejetter le mariage que je propose ?

LELIO.

Je ne le rejette point : mais il mérite réflexion. Il faut examiner mûrement les choses, après quoi je conseillerai à la Princesse ce que je jugerai de mieux pour sa gloire, & pour le bien de ses peuples : le Seigneur Frédéric dira ses raisons, & moi les miennes.

FREDERIC.

On décidera sur les vôtres.

L'AMBASSADEUR *à Lélio.*

Me permettrez-vous de vous parler à cœur ouvert ?

LELIO.

Vous êtes le Maître.

H ij

L'AMBASSADEUR.

Vous êtes ici dans une belle situation ; &
vous craignez d'en sortir si la Princesse se
marie : mais le Roi mon Maître est assez
grand Seigneur pour vous dédommager,
& j'en réponds pour lui.

LELIO *froidement.*

Ah ! de grace, ne citez point ici le
Roi votre Maître : soupçonnez - moi
tant que vous voudrez de manquer de
droiture ; mais ne l'associez point à vos
soupçons. Quand nous faisons parler les
Princes, Monsieur, que ce soit toûjours
d'une maniere noble & digne d'eux ; c'est
un respect que nous leur devons, & vous
me faites rougir pour le Roi de Castille.

L'AMBASSADEUR.

Arrêtons - là. Une discussion là - dessus
nous meneroit trop loin ; il ne me reste
qu'un mot à vous dire, & ce n'est plus le
Roi de Castille, c'est moi qui vous parle à
présent. On m'a averti que je vous trou-
verois contraire au mariage dont il s'agit,
tout convenable, tout nécessaire qu'il est,
si jamais la Princesse veut épouser un Prince ; on a prévû les difficultés que vous faites, & l'on prétend que vous avez vos
raisons pour les faire : raisons si hardies

que je n'ai pû les croire, & qui font fon-
dées, dit-on, fur la confiance dont la Princeffe vous honore.

LELIO.

Vous m'allez encore parler à cœur ouvert, Monfieur, & fi vous m'en croyez,
vous n'en ferez rien; la franchife ne vous
réüffit pas, le Roi votre Maître s'en eft
mal trouvé tout à l'heure, & vous m'inquiétez pour la Princeffe.

L'AMBASSADEUR

Ne craignez rien; loin de manquer
moi-même à ce que je lui dois, je ne veux
que l'apprendre à ceux qui l'oublient.

LELIO.

Voyons; j'en fai tant là-deffus que je
fuis en état de corriger vos leçons-mêmes.
Que dit-on de moi?

L'AMBASSADEUR.

Des chofes, hors de toute vraifemblan-
ce.

FREDERIC.

Ne les expliquez point, je crois favoir
ce que c'eft; on me les a dites auffi, &
j'en ai ri comme d'une chimere.

LELIO, *regardant Frédéric.*

N'importe, je ferai bien aife de voir
jufqu'où va la lâche inimitié de ceux dont
je bleffe ici les yeux, que vous connoiffez

comme moi, & à qui j'aurois fait bien du mal si j'avois voulu ; mais qui ne valent pas la peine qu'un honnête homme se venge. Revenons.

L'AMBASSADEUR.

Non, le Seigneur Frédéric a raison, n'expliqu'ons rien : ce sont des illusions. Un homme d'esprit comme vous, dont la fortune est déja si prodigieuse, & qui la mérite, ne sauroit avoir des sentimens aussi périlleux que ceux qu'on vous attribuë : la Princesse n'est sans doute que l'objet de vos respects ; mais le bruit qui court sur votre compte vous expose, & pour le détruire je vous conseillerois de porter la Princesse à un mariage avantageux à l'Etat.

LELIO.

Je vous suis très-obligé de vos conseils, Monsieur ; mais j'ai regret à la peine que vous prenez de m'en donner. Jusqu'ici les Ambassadeurs n'ont jamais été les Précepteurs des Ministres chez qui ils vont, & je n'ose renverser l'ordre : quand je verrai votre nouvelle méthode bien établie, je vous promets de la suivre.

L'AMBASSADEUR.

Je n'ai pas tout dit. Le Roi de Castille a pris de l'inclination pour la Princesse fur un Portrait qu'il en a vû ; c'eſt en amant que ce jeune Prince ſouhaite un mariage, que la raiſon, l'égalité d'âge & la politique doivent preſſer de part & d'autre. S'il ne s'acheve pas, ſi vous en détournez la Princeſſe par des motifs qu'elle ne ſait pas, faites du moins qu'à ſon tour ce Prince ignore les ſecretes raiſons qui s'oppoſent en vous à ce qu'il ſouhaite ; la vengeance des Princes peut porter loin, ſouvenez-vous-en.

LELIO

Encore une fois je ne rejette point votre propoſition, nous l'examinerons plus à loiſir : mais ſi les raiſons ſecrettes que vous voulez dire étoient réelles, Monſieur, je ne laiſſerois pas que d'embarraſſer le reſſentiment de votre Prince : il ſeroit plus difficile de ſe venger de moi que vous ne penſez.

L'AMBASSADEUR *outré.*

De vous ?

LELIO *froidement.*

Oüi de moi.

L'AMBASSADEUR.

Doucement, vous ne ſavez pas à qui vous parlez.

L E L I O.

Je fai qui je fuis , en voilà affez.

L'A M B A S S A D E U R.

Laiffez-là ce que vous êtes , & foyez fûr que vous me devez refpect.

L E L I O.

Soit , & moi je n'ai , fi vous le voulez, que mon cœur pour tout avantage ; mais les égards que l'on doit à la feule vertu, font auffi légitimes que les refpects que l'on doit aux Princes ; & fuffiez-vous le Roi de Caftille-même , fi vous êtes généreux , vous ne fauriez penfer autrement. Je ne vous ai point manqué de refpect, fuppofé que je vous en doive : mais les fentimens que je vous montre depuis que je vous parle , méritoient de votre part plus d'attention que vous ne leur en avez donné ; cependant je continuerai à vous refpecter , puifque vous dites qu'il le faut, fans pourtant en examiner moins fi le mariage dont il s'agit eft vraiment convenable. *Il fort fierement.*

S C E N E

SCENE VIII.

FREDERIC, L'AMBASSADEUR.

FREDERIC.

LA maniere dont vous venez de lui parler me fait préfumer bien des chofes ; peut-être fous le titre d'Ambaſſadeur nous cachez-vous....

L'AMBASSADEUR.

Non, Monſieur, il n'y a rien à préfumer, c'eſt un ton que j'ai crû pouvoir
prendre avec un aventurier que le fort a
élevé.

FREDERIC.

Eh bien, que dites-vous de cet homme-
là ?

L'AMBASSADEUR.

Je dis que je l'eſtime.

FREDERIC.

Cependant ſi nous ne le renverſons,
vous ne pouvez réüſſir ; ne joindrez-vous
pas vos efforts aux nôtres ?

L'AMBASSADEUR.

J'y conſens, à condition que nous ne
tenterons rien qui ſoit indigne de nous;

Le Prince Traveſti. I

je veux le combattre généreusement comme il le mérite.

FREDERIC.

Toutes actions sont généreuses quand elles tendent au bien général.

L'AMBASSADEUR.

Ne vous en fiez pas à vous ; vous haïssez Lélio , & la haine entend mal à faire des maximes d'honneur. Je tâcherai de voir aujourd'hui la Princesse : Je vous quitte, j'ai quelques dépêches à faire, nous nous reverrons tantôt.

SCENE IX.

FREDERIC, ARLEQUIN

arrivant tout essoufflé.

FREDERIC à part.

MOnsieur l'Ambassadeur me paroît bien scrupuleux : mais voici Arlequin qui accourt à moi.

ARLEQUIN.

Par-la-mardi , Monsieur le Conseiller , il y a long-tems que je galope après vous ;

vous êtes plus difficile à trouver qu'une botte de foin dans une aiguille.

FREDERIG.

Je ne me suis pourtant pas écarté, as-tu quelque chose à me dire ?

ARLEQUIN.

Attendez, je crois que j'ai laissé ma respiration par les chemins, Ouf....

FREDERIC.

Reprens haleine.

ARLEQUIN.

Oh dame, cela ne se prend pas avec la main. Ohi, ohi. Je vous ai été chercher au Palais, dans les salles, dans les cuisines ; je trotois par-ci, je trotois par-là, je trotois par-tout, & y allons vîte, & boutte, & garre, n'avez-vous pas vû le Seigneur Frédéric ? Hé non mon ami. Où diable est-il donc ? que la peste l'étouffe ; & puis je cours encore, patati patata, je jure, je rencontre un porteur d'eau, je renverse son eau : n'avez-vous pas vû le Seigneur Frédéric ? attends, attends, je vais te donner du Seigneur Frédéric par les oreilles ; moi je m'enfuis. Par la sambleu, morbleu, ne seroit-il pas au cabaret ? J'y entre, je trouve du vin, je bois chopine, je m'appaise & puis je reviens, & puis vous voilà.

FREDERIC.

Acheve, fais-tu quelque chofe ? tu me
donnes bien de l'impatience.

ARLEQUIN.

Cent mille écus ne feroient pas dignes
de me payer ma peine, pourtant j'en ra-
battrai beaucoup.

FREDERIC.

Je n'ai point d'argent fur moi, mais je
t'en promets au fortir d'ici.

ARLEQUIN.

Pourquoi eft-ce que vous laiffez votre
bourfe à la maifon ? Si j'avois fû cela, je
ne vous aurois pas trouvé ; car pendant que
j'y fuis, il faut que je vous tienne.

FREDERIC.

Tu n'y perdras rien, parle : que fais-
tu ?

ARLEQUIN.

De bonnes chofes, c'eft du nanan.

FREDERIC.

Voyons.

ARLEQUIN.

Cet argent promis m'envoye des fcru-
pules : fi vous pouviez me donner des ga-
ges ; ce petit diamant qui eft à votre petit
doigt, par exemple, quand cela promet
de l'argent, cela tient parole.

FREDERIC.

Prends, le voilà pour garant de la mienne, ne me fais plus languir.

ARLEQUIN.

Vous êtes honnête homme, & votre bague aussi. Or donc, tantôt Monsieur Lélio, qui vous méprise que c'est une bénédiction, il parloit à lui tout seul…

FREDERIC.

Bon.

ARLEQUIN.

Oui, bon. Voilà la Princesse qui vient. Dirai-je tout devant elle.

FREDERIC *après avoir rêvé.*

Tu m'en fais venir l'idée. Oui, mais ne dis rien de tes engagemens avec moi. Je vais parler le premier, conforme-toi à ce que tu m'entendras dire.

I iij

SCENE X.

LA PRINCESSE, HORTENSE,

FRÉDÉRIC, ARLEQUIN.

LA PRICESSE.

EH bien, Frédéric, qu'a-t-on conclu avec l'Ambaſſadeur ?

FREDERIC.

Madame, Monſieur Lélio panche à croire que ſa propoſition eſt recevable.

LA PRINCESSE.

Lui ! ſon ſentiment eſt que j'épouſe le Roi de Caſtille ?

FREDERIC.

Il n'a demandé que le tems d'examiner un peu la choſe.

LA PRINCESSE.

Je n'aurois pas crû qu'il dût penſer comme vous le dites.

ARLEQUIN *derriere elle.*

Il en penſe ma foi bien d'autres.

LA PRINCESSE *à Arlequin.*

Ah te voilà ! (*à Frédéric*) Que faites-vous de ſon Valet ici ?

FREDERIC.

Quand vous êtes arrivée, Madame, il venoit, difoit-il, me déclarer quelque chofe qui vous concerne, & que le zéle qu'il a pour vous l'oblige de découvrir. Monfieur Lélio y eft mêlé ; mais je n'ai pas eu encore le tems de favoir ce que c'eft.

LA PRINCESSE.

Sachons-le ? de quoi s'agit-il ?

ARLEQUIN.

C'eft que, voyez-vous, Madame, il n'y a mardi point de chanfon à cela, je fuis bon ferviteur de votre Principauté.

HORTENSE.

Eh quoi, Madame, pouvez-vous prêter l'oreille aux difcours de pareilles gens ?

LA PRINCESSE.

On s'amufe de tout : continue.

ARLEQUIN.

Je n'entends ni à dia, ni à hurhaut, quand on ne vous rend pas la révérence qui vous appartient.

LA PRINCESSE.

A merveille ; mais viens au fait fans compliment.

ARLEQUIN.

Oh dame ! quand on vous parle à vous autres, ce n'eft pas le tout que d'ôter fon chapeau, il faut bien mettre en avant quelque petite faribole au bout ; à cette heure voilà mon hiſtoire. Vous ſaurez donc, avec votre permiſſion, que tantôt j'écoutois Monſieur Lélio, qui faiſoit la converſation des fous ; car il parloit tout ſeul. Il étoit devant moi, & moi derriere. Or ne vous déplaiſe, il ne ſavoit pas que j'étois là ; il ſe viroit, je me vîrois, c'étoit une farce. Tout d'un coup il ne s'eſt plus viré, & puis s'eſt mis à dire comme cela, ouf, je ſuis diablement embarraſſé. Moi j'ai deviné qu'il avoit de l'embarras ; quand il a eu dit cela, il n'a rien dit davantage, il s'eſt promené, enſuite il lui a pris un grand friſſon.

HORTENSE.
En vérité, Madame, vous m'étonnez.

LA PRINCESSE.
Que veux-tu dire, un friſſon ?

ARLEQUIN.
Oui, il a dit, je tremble, & ce n'étoit pas pour des prunes, le gaillard ; car, a-t-il repris, j'ai lorgné ma gentille Maîtreſ-ſe pendant cette belle fête : & ſi cette Princeſſe, qui eſt plus fine qu'un merle, a vû troter ma prunelle, mon affaire va mal, j'en dis du mirlitot. Là-deſſus autre promanade, enſuite autre converſation.

Par la ventrebleu , a-t-il dit , j'ai du gui-
gnon : je fuis amoureux de cette gracieufe
perfonne , & fi la Princeffe vient à le favoir , & y allons donc , nous verrons beau
train, je ferai un joli mignon ; ellè fera capable de me friponner ma Miè. Jour de
Dieu ! ai-je dit en moi-même , friponner
c'eft le fait des larrons , & non pas d'une
Princeffe qui eft fidele comme l'or. Vertuchou, qu'eft-ce que c'eft que tout ce
tripotage-là ? toutes ces paroles-là ont mau-
vaife mine ; mon Patron fonge à malice,
& il faut avertir cette pauvre Princeffe , à
qui on en feroit paffer quinze pour qua-
torze. Je fuis donc venu comme un honnête
garçon , & voilà que je vous découvre le
pot aux rofes ; mais je vous dis la figni-
fication du difcours , & le tout *gratis* , fi
cela vous plaît.

HORTENSE *à part.*
Quelle aventure !

FREDERIC *à la Princeffe.*
Madame , vous m'avez dit quelquefois
que je préfumois mal de Lélio , voyez
l'abus qu'il fait de votre eftime.

LA PRINCESSE.
Taifez-vous , je n'ai que faire de vos
réflexions. (*à Arlequin*) Pour toi je vais
t'apprendre à trahir ton Maître , à te mê-

ler de chofes que tu ne devois pas entendre, & à mè compromettre dans l'imper-
tinente répétition que tu en fais ; une
étroite prifon me répondra de ton filence.

ARLEQUIN *fe mettant à genoux.*

Ah ! ma bonne Dame, ayez pitié de
moi, arrachez - moi la langue, & laiffez-
moi la clé des champs. Miféricorde, ma
Reine, je ne fuis qu'un butord, & c'eft
ce miférable Confeiller de malheur qui
m'a broüillé avec votre charitable perfonne.

LA PRINCESSE.

Comment cela ?

FREDERIC.

Madame, c'eft un Valet qui vous parle,
& qui cherche à fe fauver ; je ne fai ce
qu'il veut dire.

HORTENSE.

Laiffez, laiffez-le parler, Monfieur.

ARLEQUIN *à Frédéric.*

Allez, je vous ai bien dit que vous ne
valiez rien, & vous ne m'avez pas voulu
croire. Je ne fuis qu'un chetif Valet, &
fi pourtant je voulois être homme de bien ;
& lui qui eft riche & grand Seigneur, il
n'a jamais eu le cœur d'être honnête homme.

FREDERIC.

Il va vous en impofer, Madame.

LA PRINCESSE.

Taifez-vous, vous dis-je, je veux qu'il parle.

ARLEQUIN.

Tenez, Madame, voilà comme cela eft venu. Il m'a trouvé comme jallois tout droit devant moi. Veux-tu me faire un plaifir, m'a-t-il dit ? Hélas ! de toute mon ame ; car je fuis bon & ferviable, de mon naturel. Tien, voilà une piftole, grand merci ; en voilà encore une autre, donnez, mon brave homme ; prends encore cette poignée de piftoles ; & oui-da, mon bon Monfieur. Veux - tu me rapporter ce que tu entendras dire à ton Maître ? Et pourquoi cela ? Pour rien, par curiofité. Oh non, mon Compere, non. Mais je te donnerai tant de bonnes drogues, je te ferai ci, je te ferai cela, je fai une fille qui eft jolie, qui eft dans fes meubles, je la tiens dans ma manche, je te la garde. Oh oh, montrez-la pour voir. Je l'ai laif-fée au logis ; mais fuis moi, tu l'auras. Non non, Brocanteur, non. Quoi ! tu ne veux pas d'une jolie fille ? .. A la vérité Mada-me, cette fille-la me trotoit dans l'ame, il me fembloit que je la voyois, qu'elle

étoit blanche, potelée. Quelle satisfaction !
je trouvois cela bien friand ; je bataillois,
je bataillois comme un César ; vous m'auriez mangé de plaisir en voyant mon courage ; à la fin je suis chû. Il me doit encore une pension de cent écus par an,
& j'ai déja reçû la fillette, que je ne puis
pas vous montrer, parce qu'elle n'est pas
là ; sans compter une prophétie qui a parlé, à ce qu'ils disent, de mon argent, de
ma fortune & de ma friponnerie.

LA PRINCESSE.

Comment s'appelle-t-elle cette fille ?

ARLEQUIN.

Lisette. Ah ! Madame, si vous voyiez sa
face, vous seriez ravie ; avec cette créa-
ture-là, il faut que l'honneur d'un homme
plie bagage, il n'y a pas moyen.

FREDERIC.

Un misérable comme celui-là, peut-il
imaginer tant d'impostures ?

ARLEQUIN.

Tenez, Madame, voilà encore sa bague qu'il m'a mise en gage pour de l'argent
qu'il me doit donner tantôt. Regardez
mon innocence : vous qui êtes une Prin-

cesse, si on vous donnoit tant d'argent, de pensions, de bagues & un joli garçon, est-ce que vous y pourriez tenir ? mettez la main sur la conscience. Je n'ai rien inventé, j'ai dit ce que Monsieur Lélio a dit.

HORTENSE *à part.*

Juste Ciel ?

LA PRINCESSE *à Frédéric en s'en allant.*

Je verrai ce que je dois faire de vous, Frédéric ; mais vous êtes le plus indigne, & le plus lâche de tous les hommes.

ARLEQUIN.

Hélas ! delivrez-moi de la prison.

LA PRINCESSE.

Laisse-moi.

HORTENSE *déconcertée.*

Voulez-vous que je vous suive, Madame ?

LA PRINCESSE.

Non, Madame, restez, je suis bien-aise d'être seule : mais ne vous écartez point.

SCENE XI.

ARLEQUIN, FREDERIC, HORTENSE.

ARLEQUIN.

ME voilà bien accommodé, je fuis un bel oifeau, j'aurai bon air en cage : & puis après cela fiez - vous aux prophéties, prenez des penfions, & aimez les filles. Pauvre Arlequin ! adieu la joie, je n'uferai plus de fouliers, on va m'enfermer dans un étui à caufe de ce Sarafin-là. (*en montrant Frédéric.*)

FREDERIC.

Que je fuis malheureux ! Madame, vous n'avez jamais paru me vouloir du mal : dans la fituation où m'a mis un zele imprudent pour les interêts de la Princeffe, puis-je efpérer de vous une grace ?

HORTENSE *outré.*

Oui-da, Monfieur, faut - il demander qu'on vous ôte la vie, pour vous délivrer du malheur d'être déteffé de tous les hommes ? Voilà, je penfe, tout le fervice qu'on peut vous rendre, & vous pouvez compter fur moi.

SCENE XII.

LELIO, HORTENSE, FREDERIC, ARLEQUIN.

FREDERIC.

QUe vous ai-je fait, Madame?

ARLEQUIN *voyant Lélio.*

Ah! mon Maître bien-aimé, venez que je vous baise les piés, je ne suis pas digne de vous baiser les mains. Vous savez bien le privilége que vous m'avez donné tantôt; hé bien, ce privilége est ma perdition: pour deux ou trois petites miettes de paroles que j'ai lâchées de vous à la Princesse, elle veut que je garde la chambre, & j'allois faire mes fiançailles.

LELIO.

Que signifient les paroles qu'il a dites, Madame? je m'apperçois qu'il se passe quelque chose d'extraordinaire dans le Palais; les Gardes m'ont reçu avec une froideur qui m'a surpris: qu'est-il arrivé?

HORTENSE.

Votre Valet, payé par Frédéric, a rapporté à la Princeſſe ce qu'il vous a entendu dire dans un moment où vous vous croyiez ſeul.

LELIO.

Eh, qu'a-t-il rapporté?

HORTENSE.

Que vous aimiez certaine Dame; que vous aviez peur que la Princeſſe ne vous l'eût vû regarder pendant la fête, & ne vous l'otât ſi elle ſavoit que vous l'aimiez,

LELIO.

Et cette Dame l'a-t-on nommée?

HORTENSE.

Non: mais apparemment on la connoît bien, & voilà l'obligation que vous avez à Frédéric, dont les préſens ont corrompu votre Valet.

ARLEQUIN.

Oui, c'eſt fort bien dit, il m'a corrompu; j'avois le cœur plus net qu'une perle; j'étois tout-à-fait gentil: mais depuis que je l'ai fréquenté, je vaux moins d'écus que je ne valois de mailles.

FREDERIC *ſe retirant de ſon abſtraction.*

Oui, Monſieur, je vous l'avouerai encore une fois, j'ai cru bien ſervir l'Etat & la Princeſſe en tâchant d'arrêter votre fortune:

tune : fuivez ma conduite, elle me juftifie.
Je vous ai prié de travailler à me faire premier Miniftre, il eft vrai : mais quel pouvoit être mon deffein ? fuis-je dans un âge
à fouhaiter un emploi fi fatiguant ? Non,
Monfieur, trente années d'exercice m'ont
raffafié d'Emplois & d'Honneurs : il ne me
faut que du repos : mais je voulois m'affurer
de vos idées, & voir fi vous afpiriez vous-
même au rang que je feignois de fouhaiter.
J'allois dans ce cas parler à la Princeffe, &
la détourner, autant que j'aurois pû, de
remettre tant de pouvoir entre des mains
dangereufes, & tout-à-fait inconnues. Pour
achever de vous pénétrer, je vous ai offert
ma fille, vous l'avez refufée ; je l'avois prévu, & j'ai tremblé du projet dont je vous
ai foupçonné fur ce refus, & du fuccès que
pouvoit avoir ce projet même : car enfin,
vous avez la faveur de la Princeffe, vous
êtes jeune & aimable, tranchons le mot,
vous pouvez lui plaire, & jetter dans fon
cœur de quoi lui faire oublier fes vérita-
bles intérêts & les nôtres, qui étoient qu'elle épousât le Roi de Caftille. Voilà ce que
j'appréhendois, & la raifon de tous les efforts que j'ai faits contre vous ; vous m'a-
vez cru jaloux de vous, quand je n'étois
inquiet que pour le bien public. Je ne vous

Le Prince Travefti. K.

le reproche pas, les vûes jalouſes & am-
bitieuſes ne ſont que trop ordinaires à mes
pareils ; & ne me connoiſſant pas, il vous
étoit permis de me confondre avec eux, de
méconnoître un zele aſſez rare, & qui d'ailleurs ſe montroit par des actions équivo-
ques. Quoi qu'il en ſoit, tout loüable qu'il
eſt ce zele, je me vois prêt d'en être la victime ; j'ai combattu vos deſſeins, parce
qu'ils m'ont parú dangereux : peut-être
êtes-vous digne qu'ils réuſſiſſent, & la maniere dont vous en uſerez avec moi dans
l'état où je ſuis, l'uſage que vous ferez de
votre crédit auprès de la Princeſſe, enfin
la deſtinée que j'éprouverai, décidera de
l'opinion que je dois avoir de vous. Si je
péris après d'auſſi loüables intentions que
les miennes, je ne me ferai point trompé
ſur votre compte, je périrai du moins avec
la conſolation d'avoir été l'ennemi d'un
homme qui en effet n'étoit pas vertueux.
Si je ne péris pas au contraire, mon eſtime,
ma reconnoiſſance & mes ſatisfactions vous
attendent.

ARLEQUIN.

Il n'y aura donc que moi qui reſterai un
fripon, faute de ſavoir faire une haran-
gue.

LELIO *à Frédéric.*

Je vous sauverai si je puis, Frédéric; vous me faites du tort : mais l'honnête homme n'est pas méchant, & je ne saurois refuser ma pitié aux opprobres dont vous couvre votre caractere.

FREDERIC.

Votre pitié !.. adieu, Lélio, peut-être à votre tour aurez vous besoin de la mienne. *Il s'en va.*

LELIO *à Arlequin.*

Va m'attendre.

Arlequin sort en pleurant.

SCENE XIII.

LELIO, HORTENSE.

LELIO.

VOus l'avez prévu, Madame, mon amour vous met dans le péril, & je n'ose presque vous regarder.

HORTENSE.

Quoi ! lon va peut-être me séparer d'avec vous, & vous ne voulez pas me regarder, ni voir combien je vous aime; montrez-moi du moins combien vous m'aimez; je veux vous voir.

K ij

LELIO *lui baifant la main.*

Je vous adore.

HORTENSE.

J'en dirai autant que vous, fi vous le voulez, cela ne tient à rien ; je ne vous verrai plus, je ne me gêne point, je dis tout.

LELIO.

Quel bonheur ! mais qu'il eft traverfé. Cependant, Madame, ne vous allarmez point, je vais déclarer qui je fuis à la Princeffe & lui avoüer.....

HORTENSE.

Lui dire qui vous êtes..... je vous le défends, c'eft une ame violente, elle vous aime, elle fe flatoit que vous l'aimiez, elle vous auroit époufé, tout inconnu que vous lui êtes ; elle verroit à préfent que vous lui convenez, vous êtes dans fon Palais fans fecours, vous m'avez donné votre cœur, tout cela feroit affreux pour elle: vous péririez, j'en fuis fûre ; elle eft déja jaloufe, elle deviendroit furieufe, elle en perdroit l'efprit ; elle auroit raifon de le perdre, je le perdrois comme elle, & toute la terre le perdroit : je fens cela, mon amour le dit ; fiez-vous à lui, il vous connoît bien. Se voir enlever un homme comme vous ! vous ne favez pas ce que c'eft, j'en frémis, n'en parlons plus. Laiffez-vous gouverner, réglons-nous fur les événemens, je le veux, peut-être allez-vous être arrêté ; ne reftons point ici, je fuis mourante de frayeur pour vous. Mon cher Prince, que vous m'avez donné d'amour ! N'importe, je vous le pardonne, fauvez-vous, je vous en promets encore davantage. Adieu, ne reftons point à préfent enfemble, peut-être nous verrons-nous plus libres.

L E L I O.

Je vous obéis : mais fi l'on s'en prend à vous, vous devez me laiffer faire.

Fin du fecond Acte.

ACTE III.

SCENE PREMIERE.
HORTENSE *seul.*

LA Princeſſe m'envoie chercher; que je crains la converſation que nous aurons enſemble! que me veut-elle ? auroit-elle encore découvert quelque choſe : il a fallu me ſervir d'Arlequin, qui m'a paru fidéle. On n'a permis qu'à lui de voir Lélio, m'auroit-il trahi ? l'auroit-on ſurpris ? Voici quelqu'un, retirons-nous: c'eſt peut-être la Princeſſe, & je ne veux pas qu'elle me voie dans ce moment-ci.

SCENE II.

ARLEQUIN, LISETTE.

LISETTE.

IL femble que vous vous défiez de moi, Arlequin, vous ne m'apprenez rien de ce qui vous regarde : la Princeffe vous a envoyé tantôt chercher, eft-elle encore fâchée contre nous ? qu'a-t-elle dit ?

ARLEQUIN.

D'abord elle ne m'a rien dit, elle m'a regardé d'un air fuffifant : moi, la peur m'a pris, je me tenois comme cela tout dans un tas ; enfuite elle m'a dit, approche : j'ai donc avancé un pié, & puis un autre pié, & puis un troifieme pié, & de pié en pié je me fuis trouvé vers elle mon chapeau fur mes deux mains.

LISETTE.

Après...

ARLEQUIN.

Après nous fommes entrés en converfation ; elle m'a dit, veux-tu que je te pardonne ce que tu as fait ; tout comme

il vous plaira , ai-je dit, je n'ai rien à vous
commander , ma bonne Dame : elle a répondu , va-t'en dire à Hortense que ton
Maître , à qui on t'a permis de parler , t'a
donné en secret ce billet pour elle , tu me
rapporteras sa réponse. Madame , dormez
en repos , & tenez-vous gaillarde : vous
voyez le premier homme du monde pour
donner une bourde , vous ne la donneriez
pas mieux que moi ; car je mens à faire
plaisir , foi de garçon d'honneur.

LISETTE.

Vous avez pris le billet ?

ARLEQUIN.

Oui bien promptement.

LISETTE.

Et vous l'avez porté à Hortense ?

ARLEQUIN.

Oui : mais la prudence m'a pris , & j'ai
fait une réflexion : j'ai dit , par là mardi ,
c'est que cette Princesse avec Hortense veut
éprouver si je serai encore un coquin.

LISETTE.

Hé bien à quoi vous a conduit cette ré-
flexion-là ? avez-vous dit à Hortense que
ce billet venoit de la Princesse , & non pas
de Monsieur Lélio ?

ARLEQUIN.

Vous l'avez deviné , ma Mie.

LISETTE.

LISETTE.

Et vous croyez qu'Hortenfe eft de concert avec la Princeffe, & qu'elle lui rendra compte de votre fincérité ?

ARLEQUIN.

Et quoi donc ? elle ne l'a pas dit : mais plus fin que moi n'eft pas bête.

LISETTE.

Qu'a-t-elle répondu à votre meffage ?

ARLEQUIN.

Oh, elle a voulu m'enjoler, en me difant que j'étois un honnête garçon : enfuite elle a fait femblant de griffonner un papier pour Monfieur Lélio.

LISETTE.

Qu'elle vous a recommandé de lui rendre.

ARLEQUIN.

Oui, mais il n'aura pas befoin de lunettes pour le lire, c'eft encore une attrape qu'on me fait.

LISETTE.

Et qu'en ferez-vous donc ?

ARLEQUIN.

Je n'en fai rien ; mon cœur eft dans l'embarras là-deffus.

LISETTE.

Il faut abfolument le remettre à la Princeffe, Arlequin, n'y manquez pas ; fon intention n'étoit pas que vous avoüaffiez

Le Prince Travefti.   L

que ce billet venoit d'elle : par bonheur que votre aveu n'a servi qu'à persuader à Hortense qu'elle pouvoit se fier à vous ; peut-être même ne vous auroit-elle pas donné un billet pour Lélio sans cela ; votre imprudence a réussi : mais encore une fois, remettez la réponse à la Princesse, elle ne vous pardonnera qu'à ce prix.

ARLEQUIN.

Votre foi ?

LISETTE.

J'entens du bruit, c'est peut-être elle qui vient pour vous le demander. Adieu, vous me direz ce qui en sera arrivé.

SCENE III.

ARLEQUIN, LA PRINCESSE,

ARLEQUIN.

Tantôt on vouloit m'emprisonner pour une fourberie ; & à cette heure pour une fourberie on me pardonne. Quel galimathias que l'honneur de ce pays-ci !

LA PRINCESSE.

As-tu vû Hortense ?

ARLEQUIN.

Oui, Madame, je lui ai menti, ſuivant votre ordonnance.

LA PRINCESSE.

A-t-elle fait réponſe?

ARLEQUIN.

Notre tromperie va à me rveille, j'ai un billet doux pour Monſieur Lélio.

LA PRINCESSE.

Juſte Ciel! donne vîte & retire-toi.

ARLEQUIN. *après avoir fouillé dans toutes ſes poches, les vuide, & en tire toutes ſortes de brimborions.*

Ah! le maudit Tailleur! qui m'a fait des poches percées. Vous verrez que la Lettre aura paſſé par ce trou-là. Attendez, attendez, j'oubliois une poche, la voilà. Non, peut-être que je l'aurai oubliée à l'Office, où j'ai été pour me rafraîchir.

LA PRINCESSE.

Vas la chercher, & me l'apporte ſur le champ.

SCENE IV.

LA PRINCESSE.

INdigne amie tu lui fais réponse, & me
voici convaincue de ta trahison ; tu ne
l'aurois jamais avoüé sans ce malheureux
stratagème qui ne m'instruit que trop. Allons, poursuivons mon projet, privons
l'ingrat de ses honneurs, qu'il ait la douleur de voir son ennemi en sa place, pro-
mettons ma main au Roi de Castille, &
punissons après les deux perfides de la honte
dont ils me couvrent. La voici contrai-
gnons-nous en attendant le billet qui doit
la convaincre.

SCENE V.

LA PRINCESSE, HORTENSE.

HORTENSE.

JE me rends à vos ordres, Madame, on
m'a dit que vous vouliez me parler.
LA PRINCESSE.
Vous jugez bien que dans l'état où je suis,

j'ai befoin de confolation, Hortenfe ; & ce
n'eft qu'à vous feule à qui je puiffe ouvrir
mon cœur.

HORTENSE.

Hélas! Madame, je n'ofe vous affurer
que vos chagrins font les miens.

LA PRINCESSE à part.

Je le fai bien, perfide.... haut. Je vous
ai confié mon fecret comme à la feule amie
que j'aie au monde; Lélio ne m'aime point,
vous le favez.

HORTENSE.

On auroit de la peine à fe l'imaginer,
& à votre place, je voudrois encore m'é-
claircir ; il entre peut-être dans fon cœur
plus de timidité que d'indifférence.

LA PRINCESSE.

De la timidité, Madame ! votre amitié
pour moi vous fournit des motifs de confolation bien foibles, ou vous êtes bien
diftraite.

HORTENSE.

On ne peut être plus attentive que je le
fuis, Madame.

LA PRINCESSE.

Vous oubliez pourtant les obligations
que je vous ai : lui, n'ofer me dire qu'il
m'aime ! eh, ne l'avez-vous pas informé
de ma part des fentimens que j'avois pour
lui ?

L iij

HORTENSE.

J'y penfois tout à l'heure, Madame :
mais je crains de l'en avoir mal informé.
Je parlois pour une Princeffe ; la matiere
étoit délicate, je vous aurai peut-être un
peu trop ménagée, je me ferai expliquée
d'une maniere obfcure, Lélio ne m'aura
pas entendue ; & ce fera ma faute.

LA PRINCESSE.

Je crains à mon tour que votre ména-
gement pour moi n'ait été plus loin que
vous ne dites : peut-être ne l'avez vous pas
entretenu de mes fentimens ; peut-être l'a-
vez vous trouvé prévenu pour une autre ;
& vous qui prenez à mon cœur un interêt
fi tendre, fi généreux, vous m'avez fait
un myftere de tout ce qui s'eft paffé : c'eft
une difcrétion prudente, dont je vous
crois très-capable.

HORTENSE.

Je lui ai dit que vous l'aimiez, Madame, foyez-en perfuadée.

LA PRINCESSE.

Vous lui avez dit que je l'aimois, & il
ne vous a pas entendue, dites-vous ! ce n'eft
pourtant pas s'expliquer d'une maniere
énigmatique : je fuis outrée, je fuis trahie,
méprifée, & par qui, Hortenfe ?

HORTENSE.

Madame, je puis vous être importune en ce moment-ci, je me retirerai si vous voulez.

LA PRINCESSE.

C'est moi qui vous suis à charge, notre conversation vous fatigue, je le sens bien : mais cependant restez, vous me devez un peu de complaisance.

HORTENSE.

Hélas ! Madame, si vous lisiez dans mon cœur, vous verriez combien vous m'inquiétez.

LA PRINCESSE *à part*.

Ah ! je n'en doute pas . . . Arlequin ne vient point . . *haut*. Calmez cependant vos inquiétudes sur mon compte : ma situation est triste, à la vérité, j'ai été le jouet de l'ingratitude & de la perfidie ; mais j'ai pris mon parti, il ne me reste plus qu'à découvrir ma rivale, & cela va être fait ; vous auriez pû me la faire connoître, sans doute, mais vous la trouvez trop coupable, & vous avez raison.

HORTENSE.

Votre rivale ! mais en avez-vous une, ma chere Princesse ? Ne seroit-ce pas moi que vous soupçonneriez encore ? parlez-moi franchement, c'est moi, vos soup-

çons continuent. Lélio, difiez-vous tantôt, m'a regardée pendant la fête, Arlequin en dit autant, vous me condamnez
là-deſſus, vous n'enviſagez que moi : voilà comment l'amour juge. Mais mettez-
vous l'eſprit en repos, ſouffrez que je me
retire comme je le voulois. Je ſuis prête
à partir tout à l'heure, indiquez-moi l'en-
droit où vous voulez qne j'aille, ôtez-moi
la liberté, s'il eſt néceſſaire, rendez - la
enſuite à Lélio, faites-lui un accueil obli-
geant, rejettez ſa détention ſur quelques
faux avis, montrez-lui dès aujourd'hui plus
d'eſtime, plus d'amitié que jamais, & de
cette amitié qui le frappe, qui l'avertiſſe
de vous étudier ; & dans trois jours, dans
vingt-quatre heures peut-être ſaurez - vous
à quoi vous en tenir avec lui ; vous voyez
comment je m'y prends avec vous, voilà
de mon côté tout ce que je puis faire. Je
vous offre tout ce qui dépend de moi pour
vous calmer, bien mortifiée de n'en pouvoir faire davantage.

LA PRINCESSE.

Non, Madame, la vérité-même ne peut
s'expliquer d'une maniere plus naïve. Et
que ſeroit-ce donc que votre cœur, ſi vous
étiez coupable après cela ? Calmez-vous,
j'attends des preuves inconteſtables de vo-

tre-innocence ; à l'égard de Lélio, je donne sa place à Frédéric, qui n'a péché, j'en suis sûre, que par excès de zele. Je l'ai envoyé chercher, & je veux le charger du soin de mettre Lélio où il ne pourra me nuire ; il m'échapperoit s'il étoit libre, & me rendroit la fable de toute la terre.

HORTENSE.

Ah ! voilà d'étranges résolutions, Madame.

LA PRINCESSE.

Elles font judicieuses.

SCENE VI.

LA PRINCESSE, HORTENSE, ARLEQUIN.

ARLEQUIN.

MAdame, c'est là le billet que Madame Hortense m'a donné.... la voilà pour le dire elle-même.

HORTENSE.

Oh Ciel !

LA PRINCESSE.

Va-t'en.   *Il s'en va.*

HORTENSE.

Souvenez-vous que vous êtes généreuse.

LA PRINCESSE lit.

» Arlequin est le seul par qui je puisse
» vous avertir de ce que j'ai à vous dire,
» tout dangereux qu'il est peut-être de s'y
» fier ; il vient de me donner une preuve
» de fidélité, sur laquelle je crois pouvoir
» hasarder ce billet pour vous, dans le
» péril où vous êtes. Demandez à parler à
» la Princesse, plaignez - vous avec dou-
» leur de votre situation, calmez son cœur,
» & n'oubliez rien de ce qui pourra lui
» faire espérer qu'elle touchera le vôtre....
» Devenez libre, si vous voulez que je vi-
» ve ; fuyez après, & laissez à mon amour
» le soin d'assurer mon bonheur & le vô-
» tre.

LA PRINCESSE continue.

Je ne sai où j'en suis.

HORTENSE.

C'est lui qui m'a sauvé la vie.

LA PRINCESSE.

Et c'est vous qui m'arrachez la mienne. Adieu, je vais me résoudre à ce que
je dois fare.

HORTENSE.

Arrêtez un moment, Madame, je suis
moins coupable que vous ne pensez.....

Elle fuit . . . elle ne m'écoute point : cher
Prince, qu'allez-vous devenir ? . . je me
meurs, c'eſt moi, c'eſt mon amour qui
vous perd ! mon amour ah juſte Ciel !
mon ſort ſera-t-il de vous faire périr ?
cherchons-lui par-tout du ſecours. Voici
Frédéric ; eſſayons de le gagner lui-même.

SCENE VII.

FREDERIC, HORTENSE.

HORTENSE.

SEigneur, je vous demande un moment
d'entretien.

FREDERIC.

J'ai ordre d'aller trouver la Princeſſe,
Madame.

HORTENSE.

Je le ſai, & je n'ai qu'un mot à vous
dire. Je vous apprends que vous allez remplir la place de Lélio.

FREDERIC.

Je l'ignorois : mais ſi la Princeſſe le veut,
il faudra bien obéir.

HORTENSE.

Vous haïssez Lélio, il ne mérite plus votre haine, il est à plaindre aujourd'hui.

FREDERIC.

J'en suis fâché, mais son malheur ne me surprend point ; il devoit même lui arriver plutôt : sa conduite étoit si hardie...

HORTENSE.

Moins que vous ne croyez, Seigneur ; c'est un homme estimable, plein d'honneur.

FREDERIC.

A l'égard de l'honneur, je n'y touche pas, j'attends toujours à la derniere extrémité pour décider contre les gens là-dessus.

HORTENSE.

Vous, ne le connoissez pas ; soyez persuadé qu'il n'avoit nulle intention de vous nuire.

FREDERIC.

J'aurois besoin pour cet article-là d'un peu plus de crédulité que je n'en ai, Madame.

HORTENSE.

Laissons donc cela, Seigneur ; mais me croyez vous sincere ?

FREDERIC.

Oui, Madame, très-sincere, c'est un

titre que je ne pourrois vous difputer fans injuftice ; tantôt quand je vous ai demandé votre protection, vous m'avez donné des preuves de franchife qui ne fouffrent pas un mot de réplique.

HORTENSE.

Je vous régardois alors comme l'auteur d'une intrigue qui m'étoit fâcheufe : mais achevons. La Princeffe a des deffeins contre Lélio, dont elle doit vous charger : détournez-la de ces deffeins, obtenez d'elle que Lélio forte dès à préfent de fes Etats ; vous n'obligerez point un ingrat : ce fervice que vous lui rendrez, que vous me rendrez à moi-même, le fruit n'en fera pas borné pour vous au feul plaifir d'avoir fait une bonne action ; je vous en garantis des récompenfes au deffus de ce que vous pourriez vous imaginer, & telles enfin que je n'ofe vous le dire.

FREDERIC.

Des récompenfes, Madame ! quand j'aurois l'ame intereffée, que pourrois-je attendre de Lélio ? mais graces au Ciel je n'envie ni fes biens, ni fes emplois : fes emplois j'en accepterai l'embarras, s'il le faut, par dévouement aux intérêts de la Princeffe ; à l'égard de fes biens, l'acquifition en a été trop rapide & trop aifée à faire, je n'en voudrois pas, quand il ne tiendroit

qu'à moi de m'en faifir, je rougirois de les
mêler avec les miens ; c'eft à l'Etat à qui
ils appartiennent, & c'eft à l'Etat à les re-
prendre.

HORTENSE.

Ah Seigneur ! que l'Etat s'en faififfe, de
ces biens dont vous parlez, fi on les lui
trouve.

FREDERIC.

Si on les lui trouve ? c'eft fort bien dit,
Madame ; car les aventuriers prennent
leurs mefures : il eft vrai que lorfque l'on
les tient, on peut les engager à révéler
leur fecret.

HORTENSE.

Si vous faviez de qui vous parlez, vous
changeriez bien de langage ; je n'ofe en
dire plus, je jetterois peut-être Lélio dans
un nouveau péril. Quoi qu'il en foit, les
avantages que vous trouveriez à le fervir
n'ont point de rapport à fa fortune pré-
fente ; ceux dont je vous entretiens font
d'une autre forte, & bien fupérieurs, je
vous le repete, vous ne ferez jamais rien
qui puiffe vous en apporter de fi grands,
je vous en donne ma parole ; croyez-
moi, vous m'en remercierez.

FREDERIC.

Madame, modérez l'intérêt que vous

prenez à lui ; supprimez des promesses dont vous ne remarquez pas l'excès , & qui se décréditent d'elles-mêmes. La Princesse a fait arrêter Lélio , & elle ne pouvoit se déterminer à rien de plus sage ; si avant que d'en venir là , elle m'avoit demandé mon avis ; ce qu'elle a fait, j'aurois crû , je vous jure , être obligé en conscience de lui conseiller de le faire ; cela posé , vous voyez quel est mon devoir dans cette occasion-ci, Madame , la conséquence est aisée à tirer.

HORTENSE.

Très-aisée , Seigneur Frédéric , vous avez raison ; dès que vous me renvoyez à votre conscience , tout est dit ; je sai quelle espece de devoirs sa délicatesse peut vous dicter.

FREDERIC.

Sur ce pié - là , Madame , loin de conseiller à la Princesse de laisser échapper un homme aussi dangereux que Lélio , & qui pourroit le devenir encore , vous approuverez que je lui montre la nécessité qu'il y a de m'en laisser disposer d'une maniere qui sera douce pour Lélio , & qui pourtant remédiera à tout.

HORTENSE.

Qui remédiera à tout... (*à part*) Le

ſcelerat ! *haut.* je ſuis curieuſe , Seigneur
Frédéric , de ſavoir par quelles voies vous
rendriez Lélio ſuſpect ; voyons de grace
juſqu'où l'induſtrie de votre iniquité pourroit tromper la Princeſſe ſur un homme
auſſi ennemi du mal que vous l'êtes du
bien ; car voilà ſon portrait & le vôtre.

FREDERIC.

Vous vous emportez ſans ſujet, Madame ; encore une fois cachez vos chagrins
ſur le ſort de cet inconnu , ils vous feroient tort,& je ne voudrois pas que la Princeſſe en fût informée. Vous êtes du ſang
de nos Souverains. Lélio travailloit à ſe
rendre maître de l'Etat , ſon malheur vous
conſterne : tout cela ameneroit des réflé-
xions qui pourroient vous embarraſſer

HORTENSE.

Allez, Frédéric , je ne vous demande plus
rien , vous êtes trop méchant pour être à
craindre ; votre méchanceté vous met
hors d'état de nuire à d'autres qu'à vous-
même ; à l'égard de Lélio , ſa deſtinée,
non plus que la mienne ne relevera jamais de la lâcheté de vos pareils.

FREDERIC.

Madame , je crois que vous voudrez
bien me diſpenſer d'en écouter davanta-

ge ;

ge; je puis me paſſer de vous entendre achever mon éloge. Voici Monſieur l'Ambaſſadeur , & vous me permettrez de le joindre.

SCENE VIII.

L'AMBASSADEUR, HORTENSE,
FREDERIC.

HORTENSE.

IL me fera raiſon de vos refus. Seigneur,
daignez m'accorder une grace, je vous
la demande avec la confiance que l'Ambaſſadeur d'un Roi ſi vanté , me paroît mériter. La Princeſſe eſt irritée contre Lélio ;
elle a deſſein de le mettre entre les mains
du plus grand ennemi qu'il ait ici, c'eſt Frédéric. Je réponds cependant de ſon innocence : vous en dirai-je encore plus , Seigneur?
Lélio m'eſt cher ; c'eſt un aveu que je
donne au péril où il eſt , le tems vous
prouvera que j'ai pû le faire. Sauvez Lélio , Seigneur , engagez la Princeſſe à
vous le confier , vous ſerez charmé de

l'avoir fervi quand vous le connoîtrez, & le Roi de Caftille même vous faura gré du fervice que vous lui rendrez.

FREDERIC.

Dès que Lélio eft defagréable à la Prin-ceffe, & qu'elle l'a jugé coupable, Mon-fieur l'Ambaffadeur n'ira point lui faire une priere qui lui déplairoit.

L'AMBASSADEUR.

J'ai meilleure opinion de la Princeffe, el-le ne défaprouvera pas une action qui d'el-le-même eft loüable. Oui, Madame, la confiance que vous avez en moi me fait honneur, je ferai tous mes efforts pour la rendre heureufe.

HORTENSE.

Je vois la Princeffe qui arrive, & je me retire, fûre de vos bontés.

SCENE IX.

LA PRINCESSE, FREDERIC, L'AMBASSADEUR.

LA PRINCESSE.

QU'on dise à Hortense de venir, & qu'on amene Lélio.

L'AMBASSADEUR.

Madame, puis-je espérer que vous voudrez bien obliger le Roi de Castille ? Ce Prince, en me chargeant des intérêts de son cœur auprès de vous, m'a recommandé encore d'être secourable à tout le monde ; c'est donc en son nom que je vous prie de pardonner à Lélio les sujets de colere que vous pouvez avoir contre lui : quoi qu'il ait mis quelque obstacle aux desirs de mon Maître, il faut que je lui rende justice ; il m'a paru très-estimable, & je saisis avec plaisir l'occasion qui s'offre de lui être utile.

FREDERIC.

Rien de plus beau que ce que fait Monsieur l'Ambassadeur pour Lélio, Madame ; mais je m'expose encore à vous dire qu'il

M ij

y a du rifque à le rendre libre.

L'AMBASSADEUR.

Je le crois incapable de rien de cri-
minel.

LA PRINCESSE.

Laiffez-nous , Frédéric.

FREDERIC.

Souhaitez - vous que je revienne , Madame ?

LA PRINCESSE.

Il n'eft pas néceffaire.

SCENE X.

L'AMBASSADEUR,

LA PRINCESSE.

LA PRINCESSE.

LA priere que vous me faites auroit
fuffi, Monfieur, pour m'engager à rendre la liberté à Lélio, quand même je n'y aurois pas été déterminée : mais votre recom-
mandation doit hâter mes réfolutions , &
je ne l'envoie chercher que pour vous fa-
tisfaire.

SCENE XI.

LELIO, HORTENSE *entrent.*
LA PRINCESSE.

LElio, je croyois avoir à me plaindre de vous: mais je me suis détrompée. Pour vous faire oublier le chagrin que je vous ai donné, vous aimez Hortense, elle vous aime, & je vous unis ensemble. *A l'Ambaſſadeur.* Pour vous, Monſieur, qui m'avez prié ſi généreuſement de pardonner à Lélio, vous pouvez informer le Roi votre Maître, que je ſuis prête à recevoir ſa main, & à lui donner la mienne; j'ai grande idée d'un Prince qui ſait ſe choiſir des Miniſtres auſſi eſtimables que vous l'êtes, & ſon cœur ...

L'AMBASSADEUR.
Madame, il ne me ſiéroit pas d'en entendre davantage; c'eſt le Roi de Caſtille lui-même qui reçoit le bonheur dont vous le comblez.

LA PRINCESSE.
Vous, Seigneur! ma main eſt bien dûe

à un Prince qui la demande d'une maniere
si galante & si peu attendue.

LELIO.

Pour moi, Madame, il ne me reste plus
qu'à vous jurer une reconnoissance éter-
nelle. Vous trouverez dans le Prince de
Leon tout le zele qu'il eut pour vous en
qualité de Ministre ; je me flatte qu'à son
tour le Roi de Castille voudra bien ac-
cepter mes remerciemens.

LE ROI DE CASTILLE.

Prince, votre rang ne me surprend
point, il répond aux sentimens, que vous
m'avez montrés.

LA PRINCESSE à *Hortense*.

Allons, Madame; de si grands évene-
mens méritent bien qu'on se hâte de les
terminer.

ARLEQUIN.

Pourtant sans moi, il y auroit eu encore du tapage.

LELIO.

Suis-moi, j'aurai soin de toi.

Fin du dernier Acte.

APPROBATION.

J'AI lû par ordre de Monseigneur le Garde des Sceaux, la Comédie intitulée, *Le Prince Travesti*, ou l'*Illustre Aventurier*, qui peut être imprimée. A Paris le 2. Mars 1727.

BLANCHARD.

APPROBATION.

J'Ai lû par l'ordre de Monseigneur le Garde des Sceaux, *le Nouveau Théâtre Italien* : j'ai examiné en particulier les différentes Pieces qui le composent, & je n'y ai rien trouvé qui puisse en empêcher l'impression. Fait à Paris ce trois Novembre mil sept cens vingt-huit.

DANCHET.

www.ingramcontent.com/pod-product-compliance
Lightning Source LLC
Chambersburg PA
CBHW070818250626
47170CB00006B/2151